# DE PROFUNDIS

# GEORG TRAKL

# DE PROFUNDIS
e outros poemas

*Edição bilíngue*

*Organização, posfácio e tradução*
Claudia Cavalcanti

ILUMINURAS

*Copyright © 2010 desta tradução*
Claudia Cavalcanti

*Copyright © desta edição*
Editora Iluminuras Ltda.

*Capa*
Eder Cardoso / Iluminuras
sobre foto de C.P. Wagner, Innsbruck, 1910.

*Revisão*
Claudia Cavalcanti
Jane Pessoa

(Este livro segue as novas regras do Acordo Ortográfico da Língua Portuguesa.)

CIP-BRASIL. CATALOGAÇÃO-NA-FONTE
SINDICATO NACIONAL DOS EDITORES DE LIVROS, RJ

T689d

Trakl, Georg, 1887-1914
    De Profundis e outros poemas / Georg Trakl ; organização, posfácio e tradução Claudia Cavalcanti. - Ed. bilíngue, - São Paulo : Iluminuras, 2010.

    Texto em alemão com tradução paralela em português
    Apêndices
    ISBN 85-85219-82-3

    1. Poesia austríaca. I. Cavalcanti, Claudia, 1963-. II. Título.

10-3776.           CDD: 831
                    CDU: 821.112.2-1

02.08.10    11.08.10                020762

ILUMI//URAS
desde 1987
Rua Salvador Corrêa, 119 - 04109-070 - São Paulo/SP - Brasil
Tel./ Fax: 55 11 3031-6161
iluminuras@iluminuras.com.br
www.iluminuras.com.br

# ÍNDICE

*Nota preliminar* ............................................................................. 9

# POEMAS

Rondel (*Rondel*) ............................................................................. 13
Meu Coração ao Crepúsculo (*Zu Abend mein Herz*) ............ 15
Olhando um Velho Álbum (*In ein altes Stammbuch*) ........ 17
Humanidade (*Menschheit*) ...................................................... 19
De Profundis (*De Profundis*) ................................................... 21
Salmo (*Psalm*) ............................................................................. 23
Canções do Rosário (*Rosenkranzlieder*) ............................... 27
Helian (*Helian*) ........................................................................... 31
Canção das Horas (*Stundenlied*) ........................................... 39
Canção de Kaspar Hauser (*Kaspar Hauser Lied*) ............... 41
Sebastião no Sonho (*Sebastian im Traum*) ......................... 43
À Noite (*Nachts*) ........................................................................ 49
No Parque (*Im Park*) ................................................................ 51
Calma e Silêncio (*Ruh und Schweigen*) ............................... 53
Nascimento (*Geburt*) ............................................................... 55
Ocaso (*Untergang*) .................................................................... 57
Vento Quente (*Föhn*) ............................................................... 59
Em Veneza (*In Venedig*) ......................................................... 61
Karl Kraus (*Karl Kraus*) ........................................................... 63
Aos Emudecidos (*An die Verstummten*) ............................. 65
Ocidente (*Abendland*) ............................................................. 67
Canto do Desterrado (*Gesang des Abgeschiedenen*) ........ 71
O Sono (*Der Schlaf*) ................................................................. 73
A Melancolia (*Die Schwermut*) .............................................. 75
Lamento (*Klage*) ........................................................................ 77
Grodek (*Grodek*) ....................................................................... 79

## POEMAS EM PROSA

Metamorfose do Mal (*Verwandlung des Bösen*) ........................83
Revelação e Ocaso (*Offenbarung und Untergang*) ....................87

## POSFÁCIO

Emergir das profundezas de G.T.: uma tentativa ..................91
  *Claudia Cavalcanti*

## APÊNDICE

Dois modos de ler e escrever Georg Trakl
"Georg Trakl", poema de Else Lasker-Schüler ......................111
Duas cartas de Rainer Maria Rilke
  a Ludwig von Ficker ........................................................113

# NOTA
# PRELIMINAR

Os *poemas selecionados para este volume estão ordenados cronologicamente e pertencem a dois livros do autor,* Poemas *(1913) e sobretudo* Sebastião no Sonho (1915), *afora aqueles publicados na revista* Der Brenner. *A seleção obedeceu a um critério estritamente pessoal (mas levando em conta as dificuldades que cada poema traria para a tradução e deixando de lado os que seriam muito sacrificados em seu sentido e forma originais na passagem para a língua portuguesa); contudo, não se deixou de atentar para o critério de representatividade do conjunto no contexto da obra trakliana.*

*Para a seleção e tradução foram utilizadas diversas publicações de poemas de Trakl, especialmente a edição crítica organizada por W. Killy e H. Szklenar (*Georg Trakl - Dichtungen und Briefe, *Salzburgo, 1974). A título de comparação e busca de melhores soluções, foram consultadas as seguintes traduções: 1) para o português:* Georg Trakl - Poemas, *trad. de Paulo Quintela, Porto, 1981; 2) para o espanhol:* Georg Trakl - Poemas, *trad. de Aldo Pellegrini, Buenos Aires, 1972; e 3) para o francês:* Georg Trakl - Crépuscule et déclin, suivi de Sébastian en rêve, *trad. de Marc Petit e Jean-Claude Schneider, Paris, 1990.*

*A opção pela edição bilíngue desobriga-me de observações pormenorizadas sobre o procedimento utilizado na tradução dos poemas aqui incluídos.*

C. C.

# POEMAS

## RONDEL

*Verflossen ist das Gold der Tage,*
*Des Abends braun und blaue Farben:*
*Des Hirten sanfte Flöten starben*
*Des Abends blau und braune Farben*
*Verflossen ist das Gold der Tage.*

*(1912)*

# RONDEL

Foi-se o dourado dos dias,
Cor marrom e azul da tarde:
Doces flautas vãs do pastor
Cor marrom e azul da tarde
Foi-se o dourado dos dias.

(1912)

## ZU ABEND MEIN HERZ

*Am Abend hört man den Schrei der Fledermäuse.*
*Zwei Rappen springen auf der Wiese.*
*Der rote Ahorn rauscht.*
*Dem Wanderer erscheint die kleine Schenke am Weg.*
*Herrlich schmecken junger Wein und Nüsse.*
*Herrlich: betrunken zu taumeln in dämmernden Wald.*
*Durch schwarzes Geäst tönen schmerzliche Glocken.*
*Auf das Gesicht tropft Tau.*

*(1912)*

# MEU CORAÇÃO AO CREPÚSCULO

No crepúsculo ouve-se o grito dos morcegos.
Dois cavalos saltam no gramado.
O ácer vermelho sussurra.
Ao andarilho surge no caminho a pequena taberna.
Maravilhoso o sabor de vinho novo e nozes.
Maravilhoso: cambalear bêbado na floresta crepuscular.
Pelos galhos negros ressoam sinos aflitos.
No rosto pinga orvalho.

(1912)

## IN EIN ALTES STAMMBUCH

*Immer wieder kehrst du Melancholie,*
*O Sanftmut der einsamen Seele.*
*Zu Ende glüht ein goldener Tag.*

*Demutsvoll beugt sich dem Schmerz der Geduldige*
*Tönend von Wohllaut und weichem Wahnsinn.*
*Siehe! es dämmert schon.*

*Wieder kehrt die Nacht und klagt ein Sterbliches*
*Und es leidet ein anderes mit.*

*Schaudernd unter herbstlichen Sternen*
*Neigt sich jährlich tiefer das Haupt.*

*(1912)*

# OLHANDO UM VELHO ÁLBUM

Sempre voltas, melancolia,
Mansidão da alma solitária.
Por fim arde um dia dourado.

Com humildade curva-se à dor o paciente
Ressoando harmonia e suave loucura.
Olha! Já escurece.

Volta de novo a noite e um mortal lamenta-se
E com ele sofre um outro.

Arrepiada sob estrelas de outono,
A cabeça mais baixa a cada ano.

(1912)

## MENSCHHEIT

*Menschheit vor Feuerschlünden aufgestellt,*
*Ein Trommelwirbel, dunkler Krieger Stirnen,*
*Schritte durch Blutnebel; schwarzes Eisen schellt,*
*Verzweiflung, Nacht in traurigen Gehirnen:*
*Hier Evas Schatten, Jagd und rotes Geld.*
*Gewölk, das Licht durchbricht, das Abendmahl.*
*Es wohnt in Brot und Wein ein sanftes Schweigen,*
*Und jene sind versammelt zwölf an Zahl.*
*Nachts schrein im Schlaf sie unter Ölbaumzweigen;*
*Sankt Thomas taucht die Hand ins Wundemal.*

*(1912)*

# HUMANIDADE

Humanidade posta ante abismos de chama,
Um rufo de tambores, frontes de guerreiros tenebrosos,
Passos pela névoa de sangue; negro ferro exclama;
Desespero, noite em cérebros pesarosos:
Aqui a sombra de Eva, caça e rubra dinheirama.
Nuvens que a luz atravessa, vespertina refeição.
Em pão e vinho deve um doce silêncio residir.
E aqueles lá reunidos, doze são.
À noite sob ramos de oliveira gritam ao dormir;
São Tomé mergulha na ferida a mão.

(1912)

## DE PROFUNDIS

Es ist ein Stoppelfeld, in das ein schwarzer Regen fällt.
Es ist ein brauner Baum, der einsam dasteht.
Es ist ein Zischelwind, der leere Hütten umkreist.
Wie traurig dieser Abend.

Am Weiler vorbei
Sammelt die sanfte Waise noch spärliche Ähren ein.
Ihre Augen weiden rund und goldig in der Dämmerung,
Und ihr Schoß harrt des himmlischen Bräutigams.

Bei der Heimkehr
Fanden die Hirten den süßen Leib
Verwest im Dornenbusch.

Ein Schatten bin ich ferne finsteren Dörfern.
Gottes Schweigen
Trank ich aus dem Brunnen des Hains.

Auf meine Stirne tritt kaltes Metall
Spinnen suchen mein Herz.
Es ist ein Licht, das in meinem Mund erlöscht.

Nachts fand ich mich auf einer Heide,
Starrend von Unrat und Staub der Sterne.
Im Haselgebüsch
Klangen wieder kristallne Engel.

*(1912)*

# DE PROFUNDIS

Há um restolhal, onde cai uma chuva negra.
Há uma árvore marrom, ali solitária.
Há um vento sibilante, que rodeia cabanas vazias.
Como é triste o entardecer

Passando pela aldeia
A terna órfã recolhe ainda raras espigas.
Seus olhos arregalam-se redondos e dourados no crepúsculo,
E seu colo aguarda o noivo divino.

Na volta
Os pastores acharam o doce corpo
Apodrecido no espinheiro.

Sou uma sombra distante de lugarejos escuros.
O silêncio de Deus
Bebi na fonte do bosque.

N a minha testa pisa metal frio
Aranhas procuram meu coração.
Há uma luz, que se apaga na minha boca.

À noite encontrei-me num pântano,
Pleno de lixo e pó das estrelas.
Na avelãzeira
Soaram de novo anjos cristalinos.

(1912)

# PSALM
*2. Fassung*

                                        Karl Kraus zugeeignet

*Es ist ein Licht, das der Wind ausgelöscht hat.*
*Es ist ein Heidekrug, den am Nachmittag ein Betrunkener verläßt.*
*Es ist ein Weinberg, verbrannt und schwarz mit Löchern voll Spinnen.*
*Es ist ein Raum, den sie mit Milch getüncht haben.*
*Der Wahnsinnige ist gestorben. Es ist eine Insel der Südsee,*
*Den Sonnengott zu empfangen. Man rührt die Trommeln.*
*Die Männer führen kriegerische Tänze auf.*
*Die Frauen wiegen die Hüften in Schlinggewächsen und Feuerblumen,*
*Wenn das Meer singt. O unser verlorenes Paradies.*


*Die Nymphen haben die goldenen Wälder verlassen.*
*Man begräbt den Fremden. Dann hebt ein Flimmerregen an*
*Der Sohn des Pan erscheint in Gestalt eines Erdarbeiters,*
*Der den Mittag am glühenden Asphalt verschläft.*
*Es sind kleine Mädchen in einem Hof in Kleidchen voll*
                                        *[herzzerreißender Armut!*
*Es sind Zimmer, erfüllt von Akkorden und Sonaten.*
*Es sind Schatten, die sich vor einem erblindeten Spiegel umarmen.*
*An den Fenstern des Spitals wärmen sich Genesende.*
*Ein weißer Dampfer am Kanal trägt blutige Seuchen herauf.*


*Die fremde Schwester erscheint wieder in jemands bösen Träumen,*
*Ruhend im Haselgebüsch spielt sie mit seinen Sternen.*
*Der Student, vielleicht ein Doppelgänger, schaut ihr lange vom*
                                                *[Fenster nach.*
*Hinter ihm steht sein toter Bruder, oder er geht die alte*
                                              *[Wendeltreppe herab.*
*Im Dunkel brauner Kastanien verblaßt die Gestalt der jungen Novizen.*

# SALMO
2ª versão

*Dedicado a Karl Kraus*

Há uma luz que o vento apagou.
Há uma taberna, de onde à tarde sai um bêbado.
Há um vinhedo, queimado e negro com buracos cheios de aranhas.
Há um aposento que caiaram com leite.
O louco morreu. Há uma ilha do mar do sul
Para receber o Deus Sol. Rufam os tambores.
Os homens executam danças guerreiras.
As mulheres balançam os quadris em trepadeiras e flores de fogo
Quando canta o mar. Oh, nosso paraíso perdido.


As ninfas abandonaram as florestas douradas.
Enterra-se o desconhecido. Então cai uma chuva cintilante.
O filho de Pã surge na figura de um trabalhador rural
Que dorme ao meio-dia no asfalto em brasa.
Há mocinhas num pátio com roupinhas pobres de dilacerar os
                                                                              [corações!
Há quartos repletos de acordes e sonatas.
Há sombras que se abraçam diante de um espelho embaçado.
Nas janelas do hospital aquecem-se convalescentes.
Um vapor branco no canal traz sangrentas epidemias.


A irmã desconhecida ressurge nos sonhos ruins de alguém.
Descansando na avelãzeira, brinca com as estrelas dele.
O estudante, talvez um sósia, contempla-a longamente da
                                                                                         [janela.
Atrás dele está o seu irmão morto, ou desce a velha escada em
                                                                                        [espiral.
Na escuridão dos castanheiros empalidece a figura do jovem noviço.

*Der Garten ist am Abend. Im Kreuzgang flattern die Fledermäuse*
                                                                                   *[umher.*
*Die Kinder des Hausmeisters hören zu spielen auf und suchen*
                                                          *[das Gold des Himmels.*
*Endakkorde eines Quartetts. Die kleine Blinde läuft zitternd*
                                                             *[durch die Allee,*
*Und später tastet ihr Schatten an kalten Mauern hin, umgeben*
                                          *[von Märchen und heiligen Legenden.*


*Es ist ein leeres Boot, das am Abend den schwarzen Kanal*
                                                                 *[heruntertreibt.*
*In der Düsternis des alten Asyls verfallen menschliche Ruinen.*
*Die toten Waisen liegen an der Gartenmauer.*
*Aus grauen Zimmern treten Engel mit kotbefleckten Flügeln.*
*Würmer tropfen von ihren vergilbten Lidern.*
*Der Platz vor der Kirche ist finster und schweigsam, wie in den*
                                                                  *[Tagen der Kindheit.*
*Auf silbernen Sohlen gleiten frühere Leben vorbei,*
*Und die Schatten der Verdammten steigen zu den seufzenden*
                                                                      *[Wassern nieder.*
*In seinem Grab spielt der weiße Magier mit seinen Schlangen.*


*Schweigsam über der Schädelstätte öffnen sich Gottes goldene*
                                                                                *[Augen.*

*(1912)*

No jardim cai a noite. No claustro esvoaçam os morcegos.
Os filhos do guardião param de brincar e procuram o ouro do céu.
Acordes finais de um quarteto. A pequena cega atravessa a aleia
[tremendo,
E mais tarde sua sombra tateia frios muros, envolta em contos de
[fadas e lendas sagradas.



Há um barco vazio, que à noite desce o negro canal.
Na sombriedade do velho asilo desmoronam-se ruínas humanas.
Os órfãos mortos jazem no muro do jardim.
De quartos cinzentos saem anjos com asas sujas de
[excrementos.
Vermes gotejam de suas pálpebras amareladas.
A praça da igreja está escura e silenciosa, como nos dias da
[infância.
Sobre solas prateadas deslizam vidas passadas,
E as sombras dos condenados descem às águas soluçantes.
No seu túmulo o mágico branco brinca com suas serpentes.


Silenciosos sobre o Calvário, abrem-se os olhos dourados de
[Deus.

(1912)

# ROSENKRANZLIEDER

## AN DIE SCHWESTER

Wo du gehst wird Herbst und Abend,
Blaues Wild, das unter Bäumen tönt,
Einsamer Weiher am Abend

Leise der Flug der Vögel tönt,
Die Schwermut über deinen Augenbogen.
Dein schmales Lächeln tönt.

Gott hat deine Lider verbogen.
Sterne suchen nachts, Karfreitagskind,
Deinen Stirnenbogen.

## NÄHE DES TODES
### 2. Fassung

O der Abend, der in die finsteren Dörfer der Kindheit geht.
Der Weiher unter den Weiden
Füllt sich mit den verpesteten Seufzern der Schwermut.

O der Wald, der leise die braunen Augen senkt,
Da aus des Einsamen knöchernen Händen
Der Purpur seiner verzückten Tage hinsinkt.

O die Nähe des Todes. Laß uns beten.
In dieser Nacht lösen auf lauen Kissen
Vergilbt von Weihrauch sich der Liebenden schmächtige Glieder.

# CANÇÕES DO ROSÁRIO

## À IRMÃ

Para onde vais será outono e tarde,
Veado azul que sob árvores soa,
Solitário lago na tarde.

Baixo o voo dos pássaros soa,
Sobre teus olhos a melancolia dos arcos,
Teu leve sorriso soa.

Das tuas pálpebras Deus fez arcos.
Estrelas procuram à noite, filha de sexta-feira santa,
Na tua fronte, os arcos.

## PROXIMIDADE DA MORTE
### 2. versão

Oh, a tarde, que vai às sombrias aldeias da infância.
O lago sob os salgueiros
Enche-se de suspiros empestados de melancolia.

Oh, a floresta, que baixa discreta os olhos castanhos,
Quando das mãos magras do solitário
Cai a púrpura de seus dias extasiados.

Oh, a proximidade da morte. Oremos.
Nesta noite em travesseiros mornos soltam-se
Amarelados de incenso os membros frágeis dos amantes.

## AMEN

*Verwestes gleitend durch die morsche Stube;*
*Schatten an gelben Tapeten; in dunklen Spiegeln wölbt*
*Sich unserer Hände elfenbeinerne Traurigkeit.*
*Braune Perlen rinnen durch die erstorbenen Finger.*
*In der Stille*
*Tun sich eines Engels blaue Mohnaugen auf.*

*Blau ist auch der Abend;*
*Die Stunde unseres Absterbens, Azraels Schatten,*
*Der in braunes Gärtchen verdunkelt.*

*(1912/13)*

## AMÉM

Decomposição deslizando pelo quarto podre;
Sombras no papel de parede amarelo; em escuros espelhos se
Curva a tristeza ebúrnea de nossas mãos.
Pérolas marrons correm pelos dedos falecidos.
No silêncio
Abrem-se azuis os olhos-papoula de um anjo.

Azul é também a tarde;
O momento de nossa morte, a sombra de Azrael,
Que escurece um jardinzinho marrom.

(1912/13)

# *HELIAN*

*In den einsamen Stunden des Geistes*
*Ist es schön, in der Sonne zu gehn*
*An den gelben Mauern des Sommers hin.*
*Leise klingen die Schritte im Gras; doch immer schläft*
*Der Sohn des Pan im grauen Marmor.*

*Abends auf der Terrasse betranken wir uns mit braunen Wein.*
*Rötlich glüht der Pfirsich im Laub;*
*Sanfte Sonate, frohes Lachen.*

*Schön ist die Stille der Nacht.*
*Auf dunklem Plan*
*Begegnen wir uns mit Hirten und weißen Sternen.*

*Wenn es Herbst geworden ist,*
*Zeigt sich nüchterne Klarheit im Hain.*
*Besänftigte wandeln wir an roten Mauern hin,*
*Und die runden Augen folgen dem Flug der Vögel.*
*Am Abend sinkt das weiße Wasser in Graburnen.*

*In kahlen Gezweigen feiert der Himmel.*
*In reinen Händen trägt der Landmann Brot und Wein,*
*Und friedlich reifen die Früchte in sonniger Kammer.*

*O wie ernst ist das Antlitz der teueren Toten.*
*Doch die Seele erfreut gerechtes Anschaun.*


*Gewaltig ist das Schweigen des verwüsteten Gartens,*
*Da der junge Novize die Stirne mit braunem Laub bekränzt,*
*Sein Odem eisiges Gold trinkt.*

*Die Hände rühren das Alter bläulicher Wasser*
*Oder in kalter Nacht die weißen Wangen der Schwestern.*

# HELIAN

Nos solitários momentos do espírito
É bom caminhar ao sol
Rente aos muros amarelos do verão.
Os passos soam discretos na grama; mas dorme ainda
O filho de Pã no mármore cinzento.

À noite na varanda nos embriagamos de vinho escuro.
O pêssego arde avermelhado na folhagem;
Doce sonata, riso alegre.

Boa é a calma da noite.
Na planície escura
Encontramos pastores e estrelas brancas.

Quando chega o outono,
A sóbria claridade se mostra na mata.
Aplacados, caminhamos ao longo de muros vermelhos
E os olhos redondos seguem o voo dos pássaros.
À noite a água branca desce às urnas tumulares.

Nos galhos nus festeja o céu.
Nas mãos puras o lavrador tem pão e vinho.
Tranquilos, os frutos amadurecem em câmara ensolarada.

Oh, é tão sério o rosto dos mortos mais queridos.
Mas a alma alegra-se de justa contemplação.


Gigante é o silêncio do jardim devastado,
Quando o jovem noviço coroa a fronte com folhagem marrom,
E seu hálito bebe ouro gelado.

As mãos tocam a idade das águas azuladas
Ou em fria noite os rostos brancos das irmãs.

*Leise und harmonisch ist ein Gang an freundlichen Zimmern hin,*
*Wo Einsamkeit ist und das Rauschen des Ahorns,*
*Wo vielleicht noch die Drossel singt.*

*Schön ist der Mensch und erscheinend im Dunkel,*
*Wenn er staunend Arme und Beine bewegt,*
*Und in purpurnen Höhlen stille die Augen rollen.*

*Zur Vesper verliert sich der Fremdling in schwarzer*
                                            *[Novemberzerstörung,*
*Unter morschen Geäst, an Mauern voll Aussatz hin,*
*Wo vordem der heilige Bruder gegangen,*
*Versunken in das sanfte Saitenspiel seines Wahnsinns,*

*O wie einsam endet der Abendwind.*
*Ersterbend neigt sich das Haupt im Dunkel des Ölbaums.*


*Erschütternd ist der Untergang des Geschlechts.*
*In dieser Stunde füllen sich die Augen des Schauenden*
*Mit dem Gold seiner Sterne.*

*Am Abend versinkt ein Glockenspiel, das nicht mehr tönt,*
*Verfallen die schwarzen Mauern am Platz,*
*Ruft der tote Soldat zum Gebet.*

*Ein bleicher Engel*
*Tritt der Sohn ins leere Haus seiner Väter.*

*Die Schwestern sind ferne zu weißen Greisen gegangen.*
*Nachts fand sie der Schläfer unter den Säulen im Hausflur,*
*Zurückgekehrt von traurigen Pilgerschaften.*

*O wie starrt von Kot und Würmern ihr Haar,*
*Da er mit silbernen Füßen steht,*
*Und jene verstorben aus kahlen Zimmern treten.*

É discreto e harmonioso o passeio por cômodos acolhedores,
Onde há solidão e o sussurro do ácer,
Onde talvez ainda cante o melro.

Belo é o Homem, e aparecendo no escuro,
Quando surpreso move braços e pernas,
E em órbitas purpúreas rolam os olhos calmos.

Às Vésperas o estranho perde-se em negra destruição de
                                                         [novembro
Sob galhos podres, por muros cheios de lepra,
Onde antes passou o santo irmão
Mergulhado nos doces acordes de seu delírio.

Oh, tão solitária termina a brisa da tarde.
Morrendo, a cabeça se curva na escuridão da oliveira.


Assustador é o declínio da raça.
Neste momento, os olhos do contemplador enchem-se
Com o ouro de suas estrelas.

No crepúsculo desce um carrilhão que já não soa,
Desmoronam-se os muros negros na praça,
O soldado morto chama à oração.

Anjo pálido,
O filho entra na casa vazia de seus ancestrais.

As irmãs afastaram-se para os anciãos brancos.
À noite o adormecido achou-as sob as colunas no vestíbulo
Ao voltar de tristes peregrinações.

Oh, tão cheios de imundície e vermes os seus cabelos,
Quando ele lá fica, com pés prateados,
E aqueles mortos saem de quartos desertos.

*O ihr Psalmen in feurigen Mitternachtsregen,*
*Da die Knechte mit Nesseln die sanften Augen schlugen,*
*Die kindlichen Früchte des Holunders*
*Sich staunend neigen über ein leeres Grab.*

*Leise rollen vergilbte Monde*
*Über die Fieberlinnen des Jünglings,*
*Eh dem Schweigen des Winters folgt.*

*Ein erhabenes Schicksal sinnt den Kidron hinab,*
*Wo die Zeder, ein weiches Geschöpf,*
*Sich unter den blauen Brauen des Vaters entfaltet,*
*Über die Weide nachts ein Schäfer seine Herde führt.*

*Oder es sind Schreie im Schlaf,*
*Wenn ein eherner Engel im Hain den Menschen antritt,*
*Das Fleisch des Heiligen auf glühendem Rost hinschmilzt.*

*Um die Lehmhütten rankt purpurner Wein,*
*Tönende Bündel vergilbten Korns,*
*Das Summen der Bienen, der Flug des Kranichs.*
*Am Abend begegnen sich Auferstandene auf Felsenpfaden.*

*In schwarzen Wassern spiegeln sich Aussätzige;*
*Oder sie öffnen die kotgefleckten Gewänder*
*Weinend dem balsamischen Wind, der vom rosigen Hügel weht.*

*Schlanke Mägde tasten durch die Gassen der Nacht,*
*Ob sie den liebenden Hirten fänden,*
*Sonnabends tönt in den Hütten sanfter Gesang.*

*Lasset das Lied auch des Knaben gedenken,*
*Seines Wahnsinns, und weißer Brauen und seines Hingangs,*
*Des Verwesten, der bläulich die Augen aufschlägt.*
*O wie traurig ist dieses Wiedersehn.*

Oh, salmos em chuvas de fogo da meia-noite,
Quando os carrascos castigavam com urtigas os doces olhos,
Os jovens frutos do sabugueiro
Curvam-se surpresos sobre um túmulo vazio.

Luas amarelas rolam tranquilas
Sobre os linhos febris do rapaz
Antes de vir o silêncio do inverno.

Um sublime destino desce o Cedron meditando
Onde o cedro, uma frágil criatura,
Cresce sob as sobrancelhas azuis do pai,
Por onde um pastor conduz à noite o seu rebanho.

Ou são gritos no sono,
Quando um anjo brônzeo aparece às pessoas no bosque
E a carne do santo derrete-se na grelha em brasa.

Pelos casebres de barro trepa uma vinha purpúrea,
Sonoros feixes de trigo amarelado,
O zumbir das abelhas, o voo do grou.
À noitinha os ressuscitados encontram-se em atalhos rochosos.

Em águas negras espelham-se leprosos;
Ou abrem as roupas sujas
Chorando ao vento balsâmico que sopra da colina rosada.

Criadas esbeltas tateiam pelas ruelas da noite,
Como se procurassem o amante pastor.
Aos sábados soa nas cabanas doce canto.

Deixem a canção homenagear o menino,
A sua loucura e suas sobrancelhas brancas e sua partida,
Aquele que se decompôs e que abre os olhos azulados.
Oh, é tão triste esse reencontro.

*Die Stufen des Wahnsinns in schwarzen Zimmern,*
*Die Schatten der Alten unter der offenen Tür,*
*Da Helians Seele sich im rosigen Spiegel beschaut*
*Und Schnee und Aussatz von seiner Stirne sinken.*

*An den Wänden sind die Sterne erloschen*
*Und die weißen Gestalten des Lichts.*

*Dem Teppich entsteigt Gebein der Gräber,*
*Das Schweigen verfallener Kreuze am Hügel,*
*Des Weihrauchs Süße im purpurnen Nachtwind.*

*O ihr zerbrochenen Augen in schwarzen Mündern,*
*Da der Enkel in sanfter Umnachtung*
*Einsam dem dunkleren Ende nachsinnt,*
*Der stille Gott die blauen Lider über ihn senkt.*

*(1912)*

Os degraus da loucura em quartos negros,
As sombras dos velhos sob a porta aberta,
Quando a alma de Helian contempla-se no espelho rosado
E neve e lepra descem de sua fronte.

Nas paredes as estrelas apagaram-se
E as brancas formas da luz.

Do tapete surgem ossadas dos túmulos,
O silêncio de cruzes desmoronadas na colina,
O cheiro doce do incenso no purpúreo vento noturno.

Oh, seus olhos espatifados em bocas pretas,
Quando o neto em doce loucura
Medita solitário o sombrio fim,
E o Deus silencioso baixa sobre ele as pálpebras azuis.

(1912)

## STUNDENLIED

Mit dunklen Blicken sehen sich die Liebenden an,
Die Blonden, Strahlenden. In starrender Finsternis
Umschlingen schmächtig sich die sehnenden Arme.


Purpurn zerbrach der Gesegneten Mund. Die runden Augen
Spiegeln das dunkle Gold des Frühlingsnachmittags,
Saum und Schwärze des Walds, Abendängste im Grün;
Vielleicht unsäglichen Vogelflug, des Ungeborenen
Pfad an finsteren Dörfern, einsamen Sommern hin
Und aus verfallener Bläue tritt bisweilen ein Abgelebtes.


Leise rauscht im Acker das gelbe Korn.
Hart ist das Leben und stählern schwingt die Sense der Landmann,
Fügt gewaltige Balken der Zimmermann.


Purpurn färbt sich das Laub im Herbst; der mönchische Geist
Durchwandelt heitere Tage; reif ist die Traube
Und festlich die Luft in geräumigen Höfen.
Süßer duften vergilbte Früchte; leise ist das Lachen
Des Frohen, Musik und Tanz in schattigen Kellern;
Im dämmernden Garten Schritt und Stille des verstorbenen Knaben.

*(1913)*

## CANÇÃO DAS HORAS

Com olhos escuros contemplam-se os amantes,
Louros, resplandecentes. Em imóvel treva
Entrelaçam-se lânguidos os ávidos braços.


A boca dos abençoados despedaçou-se. Os olhos redondos
Espelham o escuro ouro da tarde primaveril,
Fronteira e negror da floresta, temores vespertinos no verde;
Talvez indizível voo de pássaro, o atalho
Do não-nascido ao longo de sombrios lugarejos, de solitários verões,
E do azul em ruínas surge às vezes um corpo sem vida.


No campo rumoreja discreto o trigo amarelo.
Dura é a vida; e o camponês maneja o ferro da foice,
O carpinteiro encaixa grandes vigas.


A folhagem no outono colore-se purpúrea; o espírito monástico
Percorre dias serenos; maduras as uvas
E festivo o ar em vastos pátios.
Mais doce o odor de frutos amarelados; discreto o riso
Do satisfeito, música e dança em tabernas de sombras;
No jardim crepuscular, passo e silêncio do menino morto.

(1913)

## *KASPAR HAUSER LIED*

Für Bessie Loos

*Er wahrlich liebte die Sonne, die purpurnen den Hügel hinabstieg,*
*Die Wege des Walds, den singenden Schwarzvogel*
*Und die Freude des Grüns,*

*Ernsthaft war sein Wohnen im Schatten des Baums*
*Und rein sein Antlitz.*
*Gott sprach eine sanfte Flamme zu seinem Herzen:*
*O Mensch!*

*Stille fand sein Schritt die Stadt am Abend;*
*Die dunkle Klage seines Munds:*
*Ich will ein Reiter werden.*

*Ihm aber folgte Busch und Tier,*
*Haus und Dämmergarten weißer Menschen*
*Und sein Mörder suchte nach ihm.*

*Frühling und Sommer und schön der Herbst*
*Des Gerechten, sein leiser Schritt*
*An den dunklen Zimmern Träumender hin.*
*Nachts blieb er mit seinem Stern allein;*

*Sah, daß Schnee fiel in kahles Gezweig*
*Und im dämmernden Hausflur den Schatten des Mörders.*

*Silbern sank des Ungeborenen Haupt hin.*

*(1913)*

# CANÇÃO DE KASPAR HAUSER

*Para Bessie Loos*

Ele amava de verdade o sol que descia a colina purpúreo,
Os caminhos da floresta, o canto do pássaro negro
E a alegria do verde.

Sisuda era sua morada à sombra da árvore
E puro o seu rosto.
Deus disse ao seu coração uma doce chama:
Homem!

Tranquilo, o seu passo encontrou a cidade à noite;
O lamento sombrio de sua boca:
Quero tornar-me cavaleiro.

Seguiram-no porém arbusto e animal,
Casa e jardim crepuscular de gente branca,
E procurava-o seu assassino.

Primavera, verão e belo o outono
Do justo, seu passo leve
Pelos quartos escuros de sonhadores.
À noite ficava sozinho com sua estrela;

Viu que nevava em galhos nus,
E a sombra do assassino no tenebroso vestíbulo da casa.

Prateada, tombou a cabeça do não-nascido.

(1913)

## SEBASTIAN IM TRAUM

*Für Adolf Loos*

*Mutter trug das Kindlein im weißen Mond,*
*Im Schatten des Nußbaums, uralten Holunders,*
*Trunken vom Safte des Mohns, der Klage der Drossel;*
*Und stille*
*Neigte im Mitleid sich über jene ein bärtiges Antlitz*

*Leise im Dunkel des Fensters; und altes Hausgerät*
*Der Väter*
*Lag im Verfall; Liebe und herbstliche Träumerei.*

*Also dunkel der Tag des Jahrs, traurige Kindheit,*
*Da der Knabe leise zu kühlen Wassern, silbernen Fischen hinabstieg,*
*Ruh und Antlitz;*
*Da er steinern sich vor rasende Rappen warf,*
*In grauer Nacht sein Stern über ihn kam;*

*Oder wenn er an der frierenden Hand der Mutter*
*Abends über Sankt Peters herbstlichen Friedhof ging,*
*Ein zarter Leichnam stille im Dunkel der Kammer lag*
*Und jener die kalten Lider über ihn aufhob.*

*Er aber war ein kleiner Vogel im kahlen Geäst,*
*Die Glocke lang im Abendnovember,*
*Des Vaters Stille, da er em Schlaf die dämmernde Wendeltreppe*
                                                                *[hinabstieg.*

*Frieden der Seele. Einsamer Winterabend,*
*Die dunklen Gestalten der Hirten am alten Weiher;*
*Kindlein in der Hütte von Stroh; o wie leise*
*Sank in schwarzem Fieber das Antlitz hin.*

# SEBASTIÃO NO SONHO

*Para Adolf Loos*

A mãe teve a criança sob a lua branca,
À sombra da nogueira, do sabugueiro secular,
Embriagada pela seiva da papoula, do lamento do melro;
E silencioso
Sobre elas inclinava-se piedoso um rosto barbado,

Discreto, na escuridão da janela; e velharias
Dos antepassados
Jaziam podres; amor e fantasia outonal.

Escuro o dia do ano, triste infância,
Quando o rapaz desceu às águas frias, peixes prateados,
Quietude e semblante;
Quando petrificado se jogou aos corcéis em disparada,
E em noite cinzenta sua estrela vinha sobre ele;

Ou quando pela mão fria da mãe
À tardinha passava pelo outonal cemitério de São Pedro;
Um frágil cadáver jazia inerte no escuro da câmara
E erguia sobre este as pálpebras geladas.

Mas ele era um pequeno pássaro em galhos nus,
O sino ao longo do novembro da noite,
O silêncio do pai, dormindo ao descer a espiral crepuscular.


Paz da alma. Noite de inverno solitário,
As escuras sombras dos pastores no velho lago;
Criança na cabana de palha; quão discreta
Baixava o rosto em febre negra.

*Heilige Nacht.*
*Oder wenn er an der harten Hand des Vaters*
*Stille den finstern Kalvarienberg hinanstieg*
*Und in dämmernden Felsennischen*
*Die blaue Gestalt des Menschen durch seine Legende ging,*
*Aus der Wunde unter dem Herzen purpurn das Blut rann.*
*O wie leise stand in dunkler Seele das Kreuz auf.*

*Liebe; da in schwarzen Winkeln der Schnee schmolz,*
*Ein blaues Lüftchen sich heiter im alten Holunder fing.*
*In dem Schattengewölbe des Nußbaums;*
*Und dem Knaben leise sein rosiger Engel erschien.*

*Freude; da in kühlen Zimmern eine Abendsonate erklang,*
*Im braunen Holzgebälk*
*Ein blauer Falter aus der silbernen Puppe kroch.*

*O die Nähe des Todes. In steinerner Mauer*
*Neigte sich ein gelbes Haupt, schweigend das Kind,*
*Da in jenem März der Mond verfiel.*


*Rosige Osterglocke im Grabgewölbe der Nacht*
*Und die Silberstimmen der Sterne,*
*Daß in Schauern ein dunkler Wahnsinn von der Stirne des*
                              *[Schläfers sank.*

*O wie stille ein Gang den blauen Fluß hinab*
*Vergessenes sinnend, da im grünen Geäst*
*Die Drossel ein Fremdes in den Untergang rief.*

*Oder wenn er an der knöchernen Hand des Greisen*
*Abends vor die verfallene Mauer der Stadt ging*
*Und jener in schwarzem Mantel ein rosiges Kindlein trug,*
*Im Schatten des Nußbaums der Geist des Bösen erschien.*

Noite sagrada.
Ou quando pela bruta mão do pai
Subi em silêncio o sinistro Monte Calvário
E em crepusculares nichos dos rochedos
A figura azul do Homem passava pela sua lenda,
E da ferida sob o coração corria o sangue purpúreo.
Oh, com que leveza se erguia a cruz na alma sombria.

Amor; quando em recantos escuros derretia a neve,
Uma brisa azul aninhava-se alegre no velho sabugueiro,
Na abóbada de sombras da nogueira;
E à criança aparecia devagar um anjo rosado.

Alegria; quando em quartos frios soava uma sonata noturna,
N as vigas de madeira marrom
Uma borboleta azul saía da crisálida prateada.

Oh, a proximidade da morte! Em muro de pedra
Inclinava-se uma cabeça amarela, a criança muda,
Quando naquele mês de março caía a lua.


Róseo sino de Páscoa na abóbada tumular da noite
E as vozes prateadas das estrelas
Fizeram descer da fronte do adormecido uma sombria loucura
                                                [em calafrios.

Oh, tão silencioso um passeio pelo rio azul abaixo
Lembrando o esquecido, quando nos galhos verdes
O melro chamava ao ocaso um desconhecido.

Ou quando pela magra mão do ancião
Passava à noite ante o muro em ruínas da cidade
E aquele de casaco negro levava uma criança rosada,
E à sombra da nogueira aparecia o espírito do mal.

*Tasten über die grünen Stufen des Sommers. O wie leise*
*Verfiel der Garten in der braunen Stille des Herbstes,*
*Duft und Schwermut des alten Holunders,*
*Da in Sebastians Schatten die Silberstimme des Engels erstarb.*

*(1913)*

Tatear os verdes degraus do verão. Oh, tão silenciosa
Ruína do jardim no silêncio marrom do outono,
Odor e melancolia do velho sabugueiro,
Quando na sombra de Sebastião expirava a voz prateada do anjo.

(1913)

## NACHTS

*Die Bläue meiner Augen ist erloschen in dieser Nacht,*
*Das rote Gold meines Herzens. O! wie stille brannte das Licht.*
*Dein blauer Mantel umfing den Sinkenden;*
*Dein roter Mund besiegelte des Freundes Umnachtung.*

*(1913)*

## À NOITE

O azul de meus olhos apagou-se nesta noite,
O ouro vermelho de meu coração. Ah, tão quieta ardia a luz!
Teu manto azul envolveu o desfalecente;
Tua boca vermelha confirmou a loucura do amigo.

(1913)

## IM PARK

*Wieder wandelnd im alten Park,*
*O! Stille gelb und roter Blumen.*
*Ihr auch trauert, ihr sanften Götter,*
*Und das herbstliche Gold der Ulme.*
*Reglos ragt am bläulichen Weiher*
*Das Rohr, verstummt am Abend die Drossel.*
*O! dann neige auch du die Stirne*
*Vor der Ahnen verfallenem Marmor.*

*(1912)*

# NO PARQUE

Caminhando outra vez no velho parque,
Oh, silêncio de flores amarelas e vermelhas!
Vocês também choram, bons deuses,
E o brilho outonal do olmeiro.
No lago azulado ergue-se imóvel
O junco, e à noite emudece o melro.
Oh! Então inclina tu também a fronte
Ante o mármore em ruínas dos ancestrais.

(1912)

## *RUH UND SCHWEIGEN*

*Hirten begruben die Sonne im kahlen Wald.*
*Ein Fischer zog*
*In härenem Netz den Mond aus frierendem Weiher.*

*In blauem Kristall*
*Wohnt der bleiche Mensch, die Wang an seine Sterne gelehnt;*
*Oder er neigt das Haupt in purpurnem Schlaf.*

*Doch immer rührt der schwarze Flug der Vögel*
*Den Schauenden, das Heilige blauer Blumen,*
*Denkt die nahe Stille Vergessenes, erloschene Engel.*

*Wieder nachtet die Stirne in mondendem Gestein;*
*Ein strahlender Jüngling*
*Erscheint die Schwester in Herbst und schwarzer Verwesung.*

*(1913)*

# CALMA E SILÊNCIO

Pastores enterraram o sol na floresta nua.
Um pescador puxou
A lua do lago gelado em áspera rede.

No cristal azul
Mora o pálido Homem, o rosto apoiado nas suas estrelas;
Ou curva a cabeça em sono purpúreo.

Mas sempre comove o voo negro dos pássaros
Ao observador, santidade de flores azuis.
O silêncio próximo pensa no esquecido, anjos apagados.

De novo a fronte anoitece em pedra lunar;
Um rapaz irradiante
Surge a irmã em outono e negra decomposição.

(1913)

# GEBURT

Gebirge: Schwärze, Schweigen und Schnee.
Rot vom Wald niedersteigt die Jagd;
O, die moosigen Blicke des Wilds.

Stille der Mutter; unter schwarzen Tannen
Öffnen sich die schlafenden Hände,
Wenn verfallen der kalte Mond erscheint.

O, die Geburt des Menschen. Nächtlich rauscht
Blaues Wasser im Felsengrund;
Seufzend erblickt sein Bild der gefallene Engel,

Erwacht ein Bleiches im dumpfer Stube.
Zwei Monde
Erglänzen die Augen der steinernen Greisin.

Weh, der Gebärenden Schrei. Mit schwarzem Flügel
Rührt die Knabenschläfe die Nacht,
Schnee, der leise aus purpurner Wolke sinkt.

*(1913)*

# NASCIMENTO

Montanhas: negror, neblina e neve.
Vermelha, a caça desce a floresta;
Oh, os olhares de musgo da presa.

Silêncio da mãe; sob pinheiros negros
Abrem-se as mãos dormentes
Quando, vencida, aparece a fria lua.

Oh, o nascimento do Homem. Noturna murmura
A água azul no fundo da rocha;
O anjo decaído olha em suspiros sua imagem,

E pálido corpo desperta em câmara úmida.
Duas luas
Iluminam os olhos da anciã pétrea.

Dor, grito que dá à luz. Com asa negra
A noite toca a têmpora do menino,
Neve que desce de nuvem purpúrea.

(1913)

## UNTERGANG
5. Fassung

An Karl Borromäus Heinrich

*Über den weißen Weiher*
*Sind die wilden Vögel fortgezogen.*
*Am Abend weht von unseren Sternen ein eisiger Wind.*

*Über unsere Gräber*
*Beugt sich die zerbrochene Stirne der Nacht.*
*Unter Eichen schaukeln wir auf einem silbernen Kahn.*

*Immer klingen die weißen Mauern der Stadt.*
*Unter Dornenbogen*
*O mein Bruder klimmen wir blinde Zeiger gen Mitternacht.*

*(1913)*

# OCASO
5. versão

*A Karl Borromäus Heinrich*

Sobre o lago branco
Partiram os pássaros selvagens.
No crepúsculo sopra de nossas estrelas um vento gelado.

Sobre os nossos túmulos
Inclina-se a fronte despedaçada das trevas.
Sob carvalhos, balançamos numa barca prateada.

Sempre ressoam os muros brancos da cidade.
Sob arcos de espinhos
Oh, irmão, ponteiros cegos, escalamos rumo à meia-noite.

(1913)

## FÖHN

*Blinde Klage im Wind, mondene Wintertage,*
*Kindheit, leise verhallen die Schritte an schwarzer Hecke,*
*Langes Abendgeläut,*
*Leise kommt die weiße Nacht gezogen,*

*Verwandelt in purpurne Träume Schmerz und Plage*
*Des steinigen Lebens,*
*Daß nimmer der dornige Stachel ablasse vom verwesenden Leib.*

*Tief im Schlummer aufseufzt die bange Seele,*

*Tief der Wind in zerbrochenen Bäumen,*
*Und es schwankt die Klagegestalt*
*Der Mutter durch den einsamen Wald*

*Dieser schweigenden Trauer; Nächte,*
*Erfüllt von Tränen, feurigen Engeln.*
*Silbern zerschellt an kahler Mauer ein kindlich Gerippe.*

*(1914)*

# VENTO QUENTE

Lamento cego no vento, dias lunares de inverno,
Infância, os passos se perdem discretos em negra sebe,
Longo toque noturno.
Discreta vem a noite branca,

Transforma em sonhos purpúreos tormento e dor
Da vida pedregosa,
Para que nunca o espinho deixe o corpo em decomposição.

Profunda em sono suspira a alma angustiada,

Profundo o vento em árvores destruídas,
E a figura de lamento da mãe
Vagueia pela floresta solitária

Desse luto silente; noites
Repletas de lágrimas, de anjos de fogo.
Prateado, espatifa-se contra a parede nua um esqueleto de criança.

(1914)

## IN VENEDIG

*Stille in nächtigem Zimmer.*
*Silbern flackert der Leuchter*
*Vor dem singenden Odem*
*Des Einsamen;*
*Zaubrisches Rosengewölk.*

*Schwärzlicher Fliegenschwarm*
*Verdunkelt den steinernen Raum*
*Und es starrt von der Qual*
*Des goldenen Tags das Haupt*
*Des Heimatlosen.*

*Reglos nachtet das Meer.*
*Stern und schwärzliche Fahrt*
*Entschwand am Kanal.*
*Kind, dein kränkliches Lächeln*
*Folgte mir leise im Schlaf.*

*(1913)*

# EM VENEZA

Silêncio no quarto noturno.
A luz chameja prateada
Ante o sopro que canta
Do solitário;
Fantástica nuvem de rosas.

Negro bando de moscas
Escurece o espaço de pedra
E o tormento do dia dourado
Faz enrijecer a cabeça
Do apátrida.

Noite de mar imóvel.
Estrela e negra viagem
Desaparecem no Canal.
Criança, teu sorriso doentio
Seguiu-me discreto pelo sono.

(1913)

## KARL KRAUS

*Weißer Hohepriester der Wahrheit,*
*Kristallne Stimme, in der Gottes eisiger Odem wohnt,*
*Zürnender Magier,*
*Dem unter flammendem Mantel der blaue Panzer des Kriegers klirrt.*

*(1913)*

# KARL KRAUS

Branco pontífice da verdade,
Voz cristalina, onde habita o hálito glacial de Deus,
Mago enfurecido,
Sob cujo manto chamejante tilinta a couraça azul do guerreiro.

(1913)

## AN DIE VERSTUMMTEN

*O, der Wahnsinn der großen Stadt, da am Abend*
*An schwarzer Mauer verkrüppelte Bäume starren,*
*Aus silberner Maske der Geist des Bösen schaut;*
*Licht mit magnetischer Geißel die steinerne Nacht verdrängt,*
*O, das versunkene Läuten der Abendglocken.*

*Hure, die in eisigen Schauern ein totes Kindlein gebärt.*
*Rasend peitscht Gottes Zorn die Stirne des Besessenen,*
*Purpurne Seuche, Hunger, der grüne Augen zerbricht.*
*O, das gräßiche Lachen des Golds.*

*Aber stille blutet in dunkler Höhle stummere Menschheit,*
*Fügt aus harten Metallen das erlösende Haupt.*

*(1914)*

## AOS EMUDECIDOS

Oh, a loucura da cidade grande, quando ao entardecer
Árvores atrofiadas fitam inertes ao longo do muro negro
Que o espírito do mal observa com máscara prateada;
A luz, com açoite magnético, expulsa a noite pétrea.
Oh, o repicar perdido dos sinos da tarde.

A puta, em gélidos calafrios, pare uma criança morta.
A cólera de Deus chicoteia enfurecida a fronte do possesso,
Epidemia purpúrea, fome que despedaça olhos verdes.
Oh, o terrífico riso do ouro.

Mas quieta em caverna escura sangra muda a humanidade,
Constrói de duros metais a cabeça redentora.

(1914)

## ABENDLAND
*4. Fassung*

                                        Else Lasker-Schüler in Verehrung

*1*

*Mond, als träte ein Totes*
*Aus blauer Höhle,*
*Und es fallen der Blüten*
*Viele über den Felsenpfad.*
*Silbern weint ein Krankes*
*Am Abendweiher,*
*Auf schwarzem Kahn*
*Hinüberstarben Liebende.*

*Oder es läuten die Schritte*
*Elis' durch den Hain*
*Den hyazinthenen*
*Wieder verhallend unter Eichen.*
*O des Knaben Gestalt*
*Geformt aus kristallenen Tränen,*
*Nächtigen Schatten.*
*Zackige Blitze erhellen die Schläfe*
*Die immerkühle,*
*Wenn am grünenden Hügel*
*Frühlingsgewitter ertönt.*

*2*

*So leise sind die grünen Wälder*
*Unsrer Heimat,*
*Die kristallne Woge*
*Hinsterbend an verfallner Mauer*
*Und wir haben im Schlaf geweint;*
*Wandern mit zögernden Schritten*
*An der dornigen Hecke hin*
*Singende im Abendsommer,*

# OCIDENTE
4. versão

*Em honra a Else Lasker-Schüler*

### 1
Lua, como se um morto saísse
Da caverna azul,
E muitas flores caem
Sobre o atalho rochoso.
Prateado, chora um doente
No lago crepuscular,
Em barco negro
Amantes se foram.

Ou soam os passos
De Élis pelo bosque
De jacintos
Perdendo-se de novo entre carvalhos.
Oh, a figura do menino
Feita de lágrimas cristalinas,
Sombras noturnas.
Relâmpagos intrépidos iluminam a têmpora
Sempre fria,
Quando na colina verdejante
Ressoa primaveril a trovoada.

### 2
Tão silenciosas são as florestas verdes
De nosso lugar.
A vaga cristalina
Morrendo no muro em ruínas,
E antes choramos dormindo;
Vagueiam em passos inseguros
Ao longo da sebe espinhosa
Cantores no verão vespertino,

*In heiliger Ruh*
*Des fern verstrahlenden Weinbergs;*
*Schatten nun im kühlen Schoß*
*Der Nacht, trauernde Adler.*
*So leise schließt ein mondener Strahl*
*Die purpurnen Male der Schwermut.*

 3
*Ihr großen Städte*
*Steinern aufgebaut*
*In der Ebene!*
*So sprachlos folgt*
*Der Heimatlose*
*Mit dunkler Stirne dem Wind,*
*Kahlen Bäumen am Hügel,*
*Ihr weithin dämmernden Ströme!*
*Gewaltig ängstet*
*Schaurige Abendröte*
*Im Sturmgewölk.*
*Ihr sterbenden Völker!*
*Bleiche Woge*
*Zerschellend am Strande der Nacht,*
*Fallende Sterne.*

*(1914)*

Na santa paz
Do vinhedo refletindo longe;
Sombras agora no frio colo
Da noite, águias aflitas.
Tão calmo um raio lunar fecha
As marcas purpúreas da melancolia.

3

Oh, grandes cidades
De pedra, construídas
Na planície!
Tão sem-fala
O sem-pátria segue
Com fronte sombria o vento,
As árvores nuas na colina.
Oh, distantes e crepusculares rios!
Com violência amedrontam
Aterrador rubor da tarde
Em nuvens de tempestade.
Oh, povos agonizantes!
Pálida vaga
Esmagando-se na praia da noite,
Cadentes estrelas.

(1914)

## GESANG DES ABGESCHIEDENEN

An Karl Borromäus Heinrich

*Voll Harmonien ist der Flug der Vögel. Es haben die grünen Wälder*
*Am Abend sich zu stilleren Hütten versammelt;*
*Die kristallenen Weiden des Rehs.*
*Dunkles besänftigt das Plätschern des Bachs, die feuchten Schatten*

*Und die Blumen des Sommers, die schön im Winde läuten.*
*Schon dämmert die Stirne dem sinnenden Menschen.*

*Und es leuchtet ein Lämpchen, das Gute, in seinem Herzen*
*Und der Frieden des Mahls; denn geheiligt ist Brot und Wein*
*Von Gottes Händen, und es schaut aus nächtigen Augen*
*Stille dich der Bruder an, daß er ruhe von dorniger Wanderschaft.*
*O das Wohnen in der beseelten Bläue der Nacht.*

*Liebend auch umfängt das Schweigen im Zimmer die Schatten*
                                                                         *[der Alten,*
*Die purpurnen Martern, Klage eines großen Geschlechts,*
*Das fromm nun hingeht im einsamen Enkel.*

*Denn strahlender immer erwacht aus schwarzen Minuten des*
                                                                           *[Wahnsinns*
*Der Duldende an versteinerter Schwelle*
*Und es umfängt ihn gewaltig die kühle Bläue und die leuchtende*
                                                                           *[Neige des Herbstes,*

*Das stille Haus und die Sagen des Waldes,*
*Maß und Gesetz und die mondenen Pfade der Abgeschiedenen.*

                                                                               (1914)

## CANTO DO DESTERRADO

*A Karl Borromäus Heinrich*

Harmonioso é o voo dos pássaros. As florestas verdes
Reuniram-se à noite em cabanas mais tranquilas;
Os pastos cristalinos da corça.
Escuridão suaviza o murmúrio do riacho, as sombras úmidas

E as flores do verão, que soam belas ao vento.
Já crepuscula na fronte do pensativo Homem.

E brilha uma luzinha, a da bondade, em seu coração,
E a paz da ceia; pois santificados são pão e vinho
Pelas mãos de Deus, e com olhos noturnos o irmão
Contempla-te silencioso, repousando de espinhosa caminhada.
Ah, morar no azul animado da noite.

Também amando o silêncio envolve no quarto as sombras dos
[ancestrais,
Os purpúreos martírios, lamento de toda uma estirpe,
Que agora se vai piedosa no neto solitário.

Cada vez mais radiante desperta sempre dos negros minutos de
[loucura
O paciente em soleira petrificada
E envolve-o violentamente o frescor azulado e o cintilante resto do
[outono,

A casa tranquila e as lendas da floresta,
Medida e lei, e os lunares atalhos dos desterrados.

(1914)

## DER SCHLAF
2. Fassung

*Verflucht ihr dunklen Gifte,*
*Weißer Schlaf!*
*Dieser höchst seltsame Garten*
*Dämmernder Bäume*
*Erfüllt von Schlangen, Nachtfaltern,*
*Spinnen, Fledermäusern,*
*Fremdling! Dein verlorner Schatten*
*Im Abendrot,*
*Ein finsterer Korsar*
*Im salzigen Meer der Trübsal.*
*Aufflattern weiße Vögel am Nachtsaum*
*Über stürzenden Städten*
*Von Stahl.*

*(1914)*

# O SONO
2. versão

Malditos sejam, venenos escuros,
Sono branco!
Esse jardim tão estranho
De árvores crepusculares
Repleto de serpentes, falenas,
Aranhas, morcegos.
Forasteiro! Tua sombra perdida
No rubor da tarde,
Um corsário trevoso
No mar salgado da aflição.
Batem asas pássaros brancos na orla noturna
Sobre desmoronantes cidades
De aço.

(1914)

## DIE SCHWERMUT

*Gewaltig bist du dunkler Mund*
*Im Innern, aus Herbstgewölk*
*Geformte Gestalt,*
*Goldner Abendstille;*
*Ein grünlich dämmernder Bergstrom*
*In zerbrochner Föhren*
*Schattenbezirk;*
*Ein Dorf,*
*Das fromm in braunen Bildern abstirbt.*

*Da springen die schwarzen Pferde*
*Auf nebliger Weide.*
*Ihr Soldaten!*
*Vom Hügel, wo sterbend die Sonne rollt*
*Stürzt das lachende Blut —*
*Unter Eichen*
*Sprachlos! O grollende Schwermut*
*Des Heers; ein strahlender Helm*
*Sank von purpurner Stirne.*

*Herbstesnacht so kühle kommt,*
*Erglänzt mit Sternen*
*Über zerbrochenem Männergebein*
*Die stille Mönchin.*

*(1914)*

## A MELANCOLIA

És poderosa, boca escura,
No íntimo, imagem formada
De nuvens de outono,
Silêncio dourado da tarde;
Grande corrente de brilho verde
Na região de sombras,
De pinheiros quebrados;
Um lugarejo
Que desfalece abnegado em imagens marrons.

Eis que saltam os cavalos negros
Em prado brumoso.
Soldados!
Da colina onde o sol rola morrendo
Jorra o sangue que ri —
Sob carvalhos
Atônitos! Oh, rancorosa melancolia
Do exército; um elmo cintilante
Caiu tilintando de fronte purpúrea.

Noite outonal vem tão fresca,
Brilha com estrelas
Sobre quebradas ossadas de homens
A silenciosa monja.

(1914)

## KLAGE

*Schlaf und Tod, die düstern Adler*
*Umrauschen nachtlang dieses Haupt:*
*Des Menschen goldnes Bildnis*
*Verschlänge die eisige Woge*
*Der Ewigkeit. An schaurigen Riffen*
*Zerschellt der purpurne Leib*
*Und es klagt die dunkle Stimme*
*Über dem Meer.*
*Schwester stürmischer Schwermut*
*Sieh ein ängstlicher Kahn versinkt*
*Unter Sternen,*
*Dem schweigenden Antlitz der Nacht.*

*(1914)*

# LAMENTO

Sono e morte, as tenebrosas águias
Rodeiam noite adentro essa cabeça:
A imagem dourada do Homem
Engolida pela onda fria
Da eternidade. Em medonhos recifes
Despedaça-se o corpo purpúreo
E a voz escura lamenta
Sobre o mar.
Irmã de tempestuosa melancolia
Vê, um barco aflito afunda
Sob estrelas,
Sob o rosto calado da noite.

(1914)

# GRODEK

Am Abend tönen die herbstlichen Wälder
Von tödlichen Waffen, die goldnen Ebenen
Und blauen Seen, darüber die Sonne
Düstrer hinrollt; umfängt die Nacht
Sterbende Krieger, die wilde Klage
Ihrer zerbrochenen Münder.
Doch stille sammelt im Weidengrund
Rotes Gewölk, darin ein zürnender Gott wohnt,
Das vergoßne Blut sich, mondne Kühle;
Alle Straßen münden in schwarze Verwesung.
Unter goldnem Gezweig der Nacht und Sternen
Es schwankt der Schwester Schatten durch den schweigenden Hain,
Zu grüßen die Geister des Helden, die blutenden Häupter;
Und leise tönen im Rohr die dunkeln Flöten des Herbstes.
O stolzere Trauer! ihr ehernen Altäre,
Die heiße Flamme des Geistes nährt heute ein gewaltiger Schmerz,
Die ungebornen Enkel.

*(1914)*

# GRODEK

À tarde soam as florestas outonais
De armas mortíferas, as planícies douradas
E lagos azuis, por cima o sol
Mais sombrio rola; a noite envolve
Guerreiros em agonia, o lamento selvagem
De suas bocas dilaceradas.
Mas silenciosas reúnem-se no fundo dos prados
Nuvens vermelhas, onde habita um deus irado,
O sangue vertido, frieza lunar;
Todos os caminhos desembocam em negra putrefação.
Sob ramos dourados da noite e das estrelas
Oscila a sombra da irmã pelo mudo bosque.
Para saudar os espíritos dos heróis, as cabeças que sangram;
E baixinho soam nos juncos as flautas escuras do outono.
Oh, tão orgulhoso luto! Altares de bronze!
Hoje uma dor violenta alimenta a chama ardente do espírito:
Os netos que ainda não nasceram.

(1914)

# POEMAS EM PROSA

# VERWANDLUNG DES BÖSEN
2. Fassung

*Herbst: schwarzes Schreiten am Waldsaum; Minute stummer Zerstörung; auflauscht die Stirne des Aussätzigen unter dem kahlen Baum. Langvergangener Abend, der nun über die Stufen von Moos sinkt; November. Eine Glocke läutet und der Hirt führt eine Herde von schwarzen und roten Pferden ins Dorf. Unter dem Haselgebüsch weidet der grüne Jäger ein Wild aus. Seine Hände rauchen von Blut und der Schatten des Tiers seufzt im Laub über den Augen des Mannes, braun und schweigsam; der Wald. Krähen, die sich zerstreuen; drei. Ihr Flug gleicht einer Sonate, voll verblichener Akkorde und männlicher Schwermut; leise löst sich eine goldene Wolke auf. Bei der Mühle zünden Knaben ein Feuer an. Flamme ist des Bleichsten Bruder und jener lacht vergraben in sein purpurnes Haar; oder es ist ein Ort des Mordes, an dem ein steiniger Weg vorbeiführt. Die Berberitzen sind verschwunden, jahrlang träumt es in bleierner Luft unter den Föhren; Angst, grünes Dunkel, das Gurgeln eines Ertrinkenden: aus dem Sternenweiher zieht der Fischer einen großen, schwarzen Fisch, Antlitz voll Grausamkeit und Irrsinn. Die Stimmen des Rohrs, hadernder Männer im Rücken schaukelt jener auf rotem Kahn über frierende Herbstwasser, lebend in dunklen Sagen seines Geschlechts und die Augen steinern über Nächte und jungfräuliche Schrecken aufgetan. Böse.*

*Was zwingt dich still zu stehen auf der verfallenen Stiege, im Haus deiner Väter? Bleierne Schwärze. Was hebst du mit silberner Hand an die Augen; und die Lider sinken wie trunken von Mohn? Aber durch die Mauer von Stein siehst du den Sternenhimmel, die Milchstraße, den Saturn; rot. Rasend an die Mauer von Stein klopft der kahle Baum. Du auf verfallenen Stufen: Baum, Stern, Stein! Du, ein blaues Tier, das leise zittert; du, der bleiche Priester, der es hinschlachtet am schwarzen Altar. O dein Lächeln im Dunkel, traurig und böse, daß ein Kind im Schlaf erbleicht. Eine rote Flamme sprang aus deiner Hand uns ein Nachtfalter verbrannte daran. O die Flöte des Lichts; o die Flöte des Tods. Was zwang dich still zu stehen auf verfallener Stiege, im Haus deiner Väter? Drunten ans Tor klopft ein Engel mit kristallnem Finger.*

# METAMORFOSE DO MAL
2. versão

Outono: avanço negro na margem da floresta; minuto de muda destruição; ergue-se à espreita a fronte do leproso sob a árvore nua. Noite há muito passada, que agora mergulha sobre os degraus de musgo; novembro. Um sino bate e o pastor conduz ao lugarejo a manada de cavalos negros e vermelhos. Sob a avelãzeira o caçador verde destripa um animal. Suas mãos fumegam de sangue e a sombra do animal suspira na folhagem por cima dos olhos do homem, moreno e taciturno; a floresta. Gralhas que se dispersam; três. Seu voo qual uma sonata, repleto de acordes empalidecidos e melancolia viril; devagar se desmancha uma nuvem dourada. No moinho, rapazes acendem o fogo. Chama é irmão do mais pálido e este ri, enterrado em seu cabelo de cor púrpura; ou é um local do crime, pelo qual passa um caminho de pedras. As berberidáceas desapareceram, por anos a fio sonha-se no ar de chumbo sob os pinheiros; medo, escuridão verde, o gargarejar de um afogado: o pescador tira do lago de estrelas um peixe grande, negro, o rosto marcado por crueldade e loucura. As vozes do junco, homens brigando atrás, aquele se balança num barco sobre a água gelada do outono, vivendo em obscuras sagas de sua estirpe, e os olhos de pedra abertos sobre noites e espantos virginais. O mal.

O que te obriga a ficar em silêncio sobre a escada em ruínas, na casa de teus ancestrais? Plúmbeo negror. O que levas aos olhos com mão prateada, e as pálpebras baixando como se inebriadas de ópio? Mas pelo muro de pedra vês o céu de estrelas, a Via Láctea, Saturno; vermelho. Furiosa, contra o muro de pedra bate a árvore nua. Tu sobre degraus em ruínas: árvore, estrela, pedra! Tu, um animal azul que treme em silêncio; tu, o pálido sacerdote que o abate no altar negro. Oh, teu sorriso na escuridão, tão triste e mau que uma criança empalidece mesmo dormindo. Uma chama vermelha saltou da tua mão e uma falena queimou-se nela. Oh, a flauta da luz; oh, a flauta da morte! O que te obrigou a ficar em silêncio sobre a escada em ruínas, na casa de teus ancestrais? Lá embaixo, bate ao portão um anjo com dedos de cristal.

*O die Hölle des Schlafs; dunkle Gasse, braunes Gärtchen. Leise läutet im blauen Abend der Toten Gestalt. Grüne Blümchen umgaukeln sie und ihr Antlitz hat sie verlassen. Oder es neigt sich verblichen über die kalte Stirne des Mörders im Dunkel des Hausflurs; Anbetung, purpurne Flamme der Wollust; hinsterbend stürzte über schwarze Stufen der Schläfer ins Dunkel.*

*Jemand verließ dich am Kreuzweg und du schaust lange zurück. Silberner Schritt im Schatten verkrüppelter Apfelbäumchen. Purpurn leuchtet die Frucht im schwarzen Geäst und im Gras häutet sich die Schlange. O! das Dunkel; der Schweiß, der auf die eisige Stirne tritt und die traurigen Träume im Wein, in der Dorfschenke unter schwarzverrauchtem Gebälk. Du, noch Wildnis, die rosige Inseln zaubert aus dem braunen Tabaksgewölk und aus dem Innern den wilden Schrei eines Greifen holt, wenn er um schwarze Klippen jagt in Meer, Sturm und Eis. Du, ein grünes Metall und innen ein feuriges Gesicht, das hingehen will und singen vom Beinerhügel finstere Zeiten und den flammenden Sturz des Engels. O Verzweiflung, die mit stummem Schrei ins Knie bricht.*

*Ein Toter besucht dich. Aus dem Herzen rinnt das selbstvergossene Blut und in schwarzer Braue nistet unsäglicher Augenblick; dunkle Begegnung. Du — ein purpurner Mond, da jener im grünen Schatten des Ölbaums erscheint. Dem folgt unvergängliche Nacht.*

*(1913)*

Oh, o inferno do sono; ruela escura, pequeno jardim marrom. Baixinho soa na tarde azulada a figura dos mortos. Florzinhas verdes pairam à sua volta e o seu rosto as abandonou. Ou então inclina-se empalidecido sobre a fria fronte do assassino no escuro do vestíbulo; adoração, chama purpúrea da volúpia; morrendo, o adormecido precipitou-se na escuridão por sobre os degraus negros.

Alguém te deixou na encruzilhada, e olhas para trás, longamente. Passo prateado na sombra de macieiras atrofiadas. A fruta, purpúrea, brilha no galho negro, e na grama a serpente muda de pele. Oh, o escuro; o suor que surge na fronte gelada e os tristes sonhos no vinho, na taberna local sob vigas negras pelo fumo. Tu, ainda selva, que por encanto transforma em ilhas róseas a fumaça marrom do tabaco e busca de dentro o grito selvagem de uma presa, quando caça em recifes negros no mar, tempestade e gelo. Tu, um metal verde e dentro um rosto de fogo que quer sair e cantar, do monte de ossos, tempos obscuros e a queda chamejante do anjo. Oh, desespero que cai de joelhos com um grito mudo!

Um morto te visita. Do coração corre o sangue vertido por ele, e na sobrancelha abriga-se indizível momento; encontro sinistro. Tu — uma lua purpúrea, quando aquele aparece na sombra verde da oliveira. Segue-o a noite que não passa.

(1913)

# OFFENBARUNG UND UNTERGANG

*Seltsam sind die nächtigen Pfade des Menschen. Da ich nachtwandelnd an steinernen Zimmern hinging und es brannte in jedem ein stilles Lämpchen, ein kupferner Leuchter, und da ich frierend aufs Lager hinsank, stand zu häupten wieder der schwarze Schatten der Fremdlingin und schweigend verbarg ich das Antlitz in den langsamen Händen. Auch war am Fenster blau die Hyazinthe aufgeblüht und es trat auf die purpurne Lippe des Odmenden das alte Gebet, sanken von den Lidern kristallne Tränen geweint um die bittere Welt. In dieser Stunde war ich im Tod meines Vaters der weiße Sohn. In blauen Schauern kam vom Hügel der Nachtwind, die dunkle Klage der Mutter, hinsterbend wieder und ich sah die schwarze Hölle in meinem Herzen; Minute schimmernder Stille. Leise trat aus kalkiger Mauer ein unsägliches Antlitz — ein sterbender Jüngling — die Schönheit eines heimkehrenden Geschlechts. Mondesweiß umfing die Kühle des Steins die wachende Schläfe, verklangen die Schritte der Schatten auf verfallenen Stufen, ein rosiger Reigen im Gärtchen.*

*Schweigend saß ich in verlassener Schenke unter verrauchtem Holzgebälk und einsam beim Wein; ein strahlender Leichnam über ein Dunkles geneigt und es lag ein totes Lamm zu meinen Füßen. Aus verwesender Bläue trat die bleiche Gestalt des Schwester und also sprach ihr blutender Mund: Stich schwarzer Dorn. Ach noch tönen von wilden Gewittern die silbernen Arme mir. Fließe Blut von den mondenen Füßen, blühend auf nächtigen Pfaden, darüber schreiend die Ratte huscht. Aufflackert ihr Sterne in meinen gewölbten Brauen; und es läuten leise das Herz in der Nacht. Einbrach ein roter Schatten mit flammendem Schwert in das Haus, floh mit schneeiger Stirne. O bitterer Tod.*

*Und es sprach eine dunkle Stimme aus mir: Meinem Rappen brach ich im nächtigen Wald das Genick, da aus seinen purpurnen Augen der Wahnsinn sprang: die Schatten der Ulmen fielen auf mich, das blaue Lachen des Quells und die schwarze Kühle der Nacht, da ich ein wilder Jäger aufjagte ein schneeiges Wild: in steinerner Hölle mein Antlitz erstarb.*

# REVELAÇÃO E OCASO

São estranhos os atalhos noturnos do Homem. Quando eu, sonambulando, passei por quartos de pedra, e em cada um ardia uma quieta luzinha, um candeeiro de cobre, e quando, tremendo de frio, afundei na cama, estava novamente de pé a sombra negra da desconhecida, e calado escondi o rosto nas mãos vagarosas. Também à janela havia desabrochado azul o jacinto, e surgiu sobre os lábios purpúreos e vivos a velha oração, das pálpebras caíram lágrimas cristalinas, choradas pelo mundo cruel. Nesse instante eu era, na morte de meu pai, o filho branco. Em borrascas azuis veio da colina o vento da noite, o lamento sombrio da mãe, novamente morrendo, e vi o inferno negro no meu coração; minuto de cintilante quietude. Em silêncio, surgiu de muro calcário um indizível rosto — um rapaz agonizante —, a beleza de uma estirpe de volta a casa. Branca como a lua, a frieza da pedra envolveu a vigilante fronte, os passos das sombras iam se perdendo em degraus em ruínas, no pequeno jardim uma rósea ciranda.

Silencioso estava eu sentado em taberna deserta, sob as vigas de madeira negras pelo fumo, solitário junto ao vinho; um radiante cadáver inclinado sobre algo escuro, e aos meus pés jazia um cordeiro. Do azul em decomposição apareceu a pálida figura da irmã, e então falou a sua boca sangrante: picada de espinho negro. Ah, ainda vibram em mim os braços prateados de rebeldes trovoadas. Corre, sangue, dos pés lunares, desabrochando em atalhos noturnos, por onde desliza aos gritos o rato. Cintilem, estrelas, nas minhas sobrancelhas arqueadas; e o coração soa baixinho na noite. Irrompeu na casa uma sombra vermelha com espada chamejante, fugiu com fronte coberta de neve. Oh, amarga morte.

E de mim falou uma voz obscura: quebrei o pescoço do meu cavalo na floresta noturna, quando de seus olhos purpúreos saltou a loucura; as sombras dos olmeiros caíram sobre mim, a gargalhada azul da fonte e o frescor negro da noite, quando, eu selvagem caçador, persegui um animal selvagem coberto de neve; em inferno de pedra feneceu meu rosto.

*Und schimmernd fiel ein Tropfen Blutes in des Einsamen Wein; und da ich davon trank, schmeckte er bitterer als Mohn; und eine schwärzliche Wolke umhüllte mein Haupt, die kristallenen Tränen verdammter Engel; und leise rann aus silberner Wunde der Schwester das Blut und fiel ein feuriger Regen auf mich.*

*Am Saum des Waldes will ich in Schweigendes gehn, dem aus sprachlosen Händen die härene Sonne sank; ein Fremdling am Abendhügel, der weinend aufhebt die Lider über die steinerne Stadt; ein Wild, das stille steht im Frieden des alten Hollunders; o ruhlos lauscht das dämmernde Haupt, oder es folgen die zögernden Schritte der blauen Wolke am Hügel, ernsten Gestirnen auch. Zur Seite geleitet stille die grüne Saat, begleitet auf moosigen Waldespfaden scheu das Reh. Es haben die Hütten der Dörfler sich stumm verschlossen und es ängstigt in schwarzer Windestille die blaue Klage des Wildbachs.*

*Aber da ich den Felsenpfad hinabstieg, ergriff mich der Wahnsinn und ich schrie laut in der Nacht; und da ich mit silbernen Fingern mich über die schweigenden Wasser bog, sah ich daß mich mein Antlitz verlassen. Und die weiße Stimme sprach zu mir: Töte dich! Seufzend erhob sich eines Knaben Schatten in mir und sah mich strahlend aus kristallnen Augen an, daß ich weinend unter den Bäumen hinsank, dem gewaltigen Sternengewölbe.*

*Friedlose Wanderschaft durch wildes Gestein ferne den Abendweilern, heimkehrenden Herden; ferne weidet die sinkende Sonne auf kristallner Wiese und es erschüttert ihr wilder Gesang, der einsame Schrei des Vogels, ersterbend in blauer Ruh. Aber leise kommst du in der Nacht, da ich wachend am Hügel lag, oder rasend im Frühlingsgewitter; und schwärzer immer umwölkt die Schwermut das abgeschiedene Haupt, erschrecken schaurige Blitze die nächtige Seele, zerreißen deine Hände die atemlose mir.*

*Da ich in den dämmernden Garten ging, und es war die schwarze Gestalt des Bösen von mir gewichen, umfing mich die hyazinthene Stille der Nacht; und ich fuhr auf gebogenem Kahn über den ruhenden Weiher und süßer Frieden rührte die versteinerte Stirne mir. Sprachlos lag ich unter den alten Weiden und es war der blaue Himmel hoch über mir und voll von Sternen; und da ich anschauend hinstarb, starben Angst und der Schmerzen tiefster in mir; und es hob sich auf*

E cintilando caiu uma gota de sangue no vinho do solitário; e quando bebi dele, tinha gosto mais amargo que papoula; e uma nuvem enegrecida cobriu minha cabeça, as lágrimas cristalinas de anjos malditos; e lentamente correu o sangue da ferida prateada da irmã, e caiu sobre mim uma chuva de fogo.

À beira da floresta quero andar silencioso, de cujas mãos sem voz baixou o sol áspero; um desconhecido na colina crepuscular, que chorando levanta as pálpebras sobre a cidade de pedra; um animal, quieto na paz do velho sabugueiro; tão inquieta espreita a cabeça ao crepúsculo, ou seguem os passos hesitantes da nuvem azul sobre a colina, de sisudas estrelas também. Ao lado, acompanha calma a semente verde, com a tímida corça pelos atalhos musgosos da floresta. As casinhas do povoado fecharam-se mudas, e amedronta-o no silêncio negro do vento o lamento azul do riacho inconstante.

Mas quando desci o atalho rochoso, tomou-me a loucura, e gritei alto na noite; e quando me curvei com dedos prateados sobre as águas silenciosas, vi que meu rosto me havia abandonado. E a voz branca falou-me: mata-te! Aos suspiros, levantou-se em mim a sombra de um rapaz e olhou-me com olhos tão cristalinos, que caí chorando sob as árvores, sob o impressionante arco de estrelas.

Peregrinação sem paz pelas pedras selvagens, longe dos lugarejos da tarde, dos rebanhos que retomam; de longe, pasta o sol que baixa sobre prado cristalino, e abala o seu canto selvagem, o grito solitário dos pássaros, fenecendo em quietude azul. Mas você vem silencioso pela noite, quando eu vigiava na colina, ou enfurecido na trovoada de primavera; e cada vez mais negra, a melancolia nubla a cabeça desterrada, relâmpagos horripilantes assustam a alma noturna, suas mãos dilaceram meu peito ofegante.

Quando entrei no jardim crepuscular e fugira de mim a negra figura do mal, envolveu-me a calma dos jacintos da noite; e fui na curva barca sobre o lago quieto, e doce paz tocava minha fronte petrificada. Calado estava eu sob os velhos salgueiros, e o céu azul e alto sobre mim e repleto de estrelas; e quando contemplando sucumbi, morreram em mim o medo e as maiores dores; e a sombra azul do rapaz ergueu-se radiante na escuridão,

*mondenden Flügeln über die grünenden Wipfel, kristallene Klippen das weiße Antlitz der Schwester.*

*Mit silbernen Sohlen stieg ich die dornigen Stufen hinab und ich trat ins kalkgetünchte Gemach. Stille brannte ein Leuchter darin und ich verbarg in purpurnen Linnen schweigend das Haupt; und es warf die Erde einen kindlichen Leichnam aus, ein mondenes Gebilde, das langsam aus meinem Schatten trat, mit zerbrochenen Armen steinerne Stürze hinabsank, flockiger Schnee.*

*(1914)*

suave canto; ergueu-se de asas lunares sobre os cumes verdejantes, recifes cristalinos, o rosto branco da irmã.

Com solas prateadas desci os degraus espinhosos e entrei no aposento pintado de cal. Quieto, ardia ali um candeeiro, e silencioso escondi a cabeça em tecidos purpúreos; e a terra expeliu um cadáver infantil, um corpo lunar, que lentamente saiu de minha sombra, afundando de braços quebrados por dintéis de pedra, flocos de neve.

(1914)

# POSFÁCIO

## EMERGIR DAS PROFUNDEZAS DE G.T.: UMA TENTATIVA

*Claudia Cavalcanti*

# Prólogo biográfico

Era o começo do fim: Trakl havia sido transferido para um hospital militar em Cracóvia, Polônia, depois da terrível batalha de Grodek. Ali, vira-se forçado a cuidar de pessoas que lhe imploravam a morte, tomadas pelas dores físicas imputadas pela guerra (*a noite envolve / Guerreiros em agonia; o lamento selvagem / De suas bocas dilaceradas* — em "Grodek"). Era setembro de 1914.

(Em novembro de 1913, antes de ser obrigado a assistir aos tormentos alheios, ele descreveria os seus próprios em carta ao amigo e protetor Ludwig von Ficker: "Nos últimos dias ocorreram-me coisas tão terríveis que durante toda a minha vida não poderei livrar-me delas... É uma desgraça sem-par quando o mundo se rompe diante de alguém. Oh, meu Deus, a que tribunal fui submetido! Diga-me que ainda devo ter forças para viver e fazer o que o valha. Diga-me que não estou enganado... Como tornei-me pequeno e infeliz!"[1])

Na retirada de Grodek o poeta já tentara o suicídio, motivo pelo qual foi minuciosamente revistado ao chegar em Cracóvia, onde deveria ficar em observação. Não se sabe como conseguiu a superdose de cocaína que o levou à segunda tentativa e à morte subsequente, em 3 de novembro de 1914. Georg Trakl tinha 27 anos.

Com apenas um livro de poemas e publicações esparsas em alguns periódicos, Trakl, quando morreu, ainda não poderia ser considerado o maior poeta de sua geração, até porque os seus contemporâneos expressionistas ainda estariam presentes por algum tempo, antes que, em meados dos anos 1920, aquele movimento literário começasse a dar os seus primeiros sinais de cansaço.

Mesmo desconhecido, pouco antes da eclosão da guerra o poeta austríaco chegou a receber a doação de vinte mil coroas, que lhe possibilitariam uma vida sem preocupações financeiras pelos anos seguintes. Sobre os seus poemas, disse o mecenas: "Não os entendo; mas seu tom me satisfaz. Trata-se do tom de um verdadeiro gênio". Era Ludwig Wittgenstein, que atendeu ao apelo do poeta mas chegou em Cracóvia três dias depois do enterro dele.

---

[1] Basil, Otto. *Trakl*. Hamburgo: [s.n.], 1965, p. 133.

O dinheiro oferecido por Wittgenstein (a mesma quantia também fora concedida a Rainer Maria Rilke) poderia tirá-lo do embaraço, frequente àquela época, de empréstimos que fazia a amigos.

Trakl nascera no seio de uma família abastada e protestante, na provinciana e católica Salzburgo, em 3 de fevereiro de 1887. Era o quarto de seis irmãos. Como nunca se esforçara em ser, nem sequer de longe, um aluno brilhante, a solução foi o ingresso na carreira farmacêutica, à qual dedicou uma aplicação satisfatória. Formou-se em julho de 1910, Viena.

A morte de seu pai, um mês antes, foi um grande choque para aquele cuja mãe sempre fizera questão de se manter afastada dos filhos (em "Vento Quente": *E a figura de lamento da mãe / Vagueia pela floresta solitária*), além de ter significado um abalo na estrutura financeira da família. Antes disso, porém, Trakl já enveredara por uma vida boêmia, voltada para o álcool e as prostitutas, mas sobretudo para as drogas, que conseguira pela primeira vez através de um amigo, filho de farmacêutico, e depois, evidentemente, graças às facilidades que lhe proporcionavam a profissão. Era nas drogas que Trakl empregava o dinheiro que recebia da família.

O maior transtorno na curta biografia de Trakl, porém, foi sem dúvida a paixão desmedida que nutria pela irmã mais nova, Gretl, presente em grande parte de sua poesia. "À Irmã": *Para onde vais será outono e tarde / Sobre teus olhos a melancolia dos arcos, / Teu leve sorriso soa*. Tamanha era a obstinação por Gretl que quase não restam outras referências femininas nos 27 anos de vida do poeta. Da mesma forma, não há poemas de amor, posto que proibidos. Gretl acabou sendo para Trakl o que fora Diotima para Hölderlin, seu maior paralelo em mestria e hermetismo poéticos, mais de um século antes.

A infelicidade excepcionalmente expressada na carta a Ficker estava relacionada com o casamento fracassado da irmã e um aborto que sofrera. Platônico ou não (as cartas dos dois foram perdidas ou destruídas, fazendo com que muitos fatos não tenham sido esclarecidos), aquele sentimento proibido também era compartilhado por Gretl, a quem se atribui uma forte personalidade e a decidida condução da relação incestuosa. Gretl, como Georg, também dependia de narcóticos. A morte do irmão abalou-a a tal ponto que, já separada do marido e mentalmente transtornada, ela se suicidou em 1917, aos 25 anos.

Em 1913, gravemente doente em decorrência do aborto, ela recebeu em Berlim a visita do irmão. Nessa ocasião, Trakl conheceu a musa dos expressionistas, Else Lasker-Schüler, grande poetisa e ex-mulher de Herwald Walden, editor da revista *Der Sturm*, que abrigava boa parte da criação expressionista. Trakl, no entanto, teve os seus primeiros poemas publicados na revista austríaca *Der Brenner*, também expressionista. A ligação com o grupo alemão se efetivou com a publicação de seu primeiro livro, *Poemas*, na série dirigida pelo maior editor do expressionismo, Kurt Wolff, em julho de 1913. Seu segundo livro, *Sebastião no Sonho*, também publicado por Wolff em 1915, já não o alcançou em vida. Se tivesse vivido mais algumas décadas, Trakl certamente não seria considerado apenas o grande poeta expressionista que foi, mas também, a exemplo de Gottfried Benn, um dos maiores de sua língua.

O poema que fez para Novalis (expoente romântico e, portanto, um dos modelos literários da geração de Trakl) parece antes um epitáfio de si mesmo:

A NOVALIS
Em terra escura repousa o forasteiro santo.
Dos lábios suaves Deus tomou-lhe o lamento
Quando feneceu ao florescer.
Uma flor azul
Prossegue sua canção na morada noturna da dor.
(do espólio — 1912/14)[2]

## A FLOR AZUL DE TRAKL

Foi em *Heinrich von Ofterdingen*, romance do forasteiro santo Novalis e contraponto romântico ao *Wilhelm Meister* de Goethe,

---

[2] No original (2. versão): An Novalis: In dunkler Erde ruht der heilige Fremdling. / Es nahm von sanftem Munde ihm die Klage der Gott, / Da er seiner Blüte hinsank. / Eine blaue Blume / Fortlebt sein Lied im nächtlichen Haus der Schmerzen.

que surgiu a flor azul como símbolo de inalcançáveis sonhos e realizações do Homem. Diz o nostálgico Heinrich:

> Desejo ver a flor azul. Ela não abandona a minha mente, e não posso escrever e pensar em outra coisa (...). É como se antes houvesse sonhado ou caminhado adormecido para um outro mundo; pois no mundo em que até então vivera, quem lá se teria importado com flores?, e eu mesmo nunca ouvira falar de uma tão estranha paixão por uma flor.[3]

O paraíso perdido e a esperança de reavê-lo caracterizam a geração romântica da qual Novalis é o seu mais típico representante. Seria a morada noturna da dor, à qual foi destinado Novalis, a mesma habitada por Trakl e sua obra, de onde vão buscá-los hordas de pesquisadores, ávidos para compreender uma poesia dita hermética, de linguagem condensada e aparentemente ilógica?

Não, não foi por acaso que os expressionistas herdaram dos românticos sobretudo certos pontos programáticos, a saber a posição espiritual diante do mundo, os utópicos desejos de reformas de uma sociedade ameaçada pelo materialismo e o irracionalismo fatalmente advindo dessas ideias. A fuga ao mundo onírico traduz-se em Heinrich (Novalis) — como antípoda de Wilhelm (Goethe) — e em Sebastião (Trakl), uma das figuras que povoam o universo poético do expressionista austríaco e através de quem fica representado o modelo da interioridade.

Faz justamente parte do ciclo *Sebastião no Sonho* o poema "Calma e Silêncio", em que as imagens parecem aludir a etapas vivenciadas pelo observador, a santidade de flores azuis, talvez o mesmo pálido Homem, o rosto apoiado nas suas estrelas, a cabeça curva em sono purpúreo. Não são poucas nem gratuitas as referências a Novalis neste ciclo de poemas. Em "Calma e Silêncio", as oscilações entre realidade e sonho podem ser consideradas tentativas de ultrapassagem para o plano onírico, ao qual a cor azul indicaria o caminho. Em Novalis, a flor azul é o símbolo da ansiada união entre o Homem e a Natureza; no poema de Trakl, este desejo (sonho) é destruído pela realidade.

---

[3] Novalis. *Werke in einem Band*. Berlim/Weimar: [s.n.], 1989, p. 111.

A flor azul de Novalis não é a flor azul de Trakl. A flor azul de Trakl não é flor.

## Azul que não é flor

O poema "Nascimento" é vizinho, em sua gênese, de "Calma e Silêncio". Nele, o que inicialmente indica a vivência com a natureza (*Montanhas: negror, neblina e neve. / sob pinheiros negros / Abrem-se as mãos dormentes / Quando, vencida, aparece a lua fria*), em seguida se revela como sendo humana: *Oh, o nascimento do Homem. Noturna murmura / A água azul no fundo da rocha*. O último verso retoma a imagem da neve — *Neve que desce de nuvem purpúrea* — e remete a leitura à primeira impressão.

Em Trakl, tais oscilações parecem ser sistemáticas e utilizadas como recurso de desorientação e distanciamento do leitor (recurso, aliás, muito frequente no expressionismo), agravadas pela total dissociação do eu-lírico, obrigatoriamente constante no inconsciente do leitor (posto que muitas as referências autobiográficas), mas ausente no poema em si — em "Revelação e Ocaso" a palavra "eu" aparece como uma das exceções.[4]

É também em "Nascimento" que o azul ganha a tonalidade mais frequente na obra trakliana. Se nos seus primeiros versos notava-se ainda alguma claridade naquela cor, com o passar dos anos o poeta imprime-lhe mais e mais gotas de cor preta. Assim, a noturna água azul no fundo da rocha só pode ser mesmo negra aos olhos do leitor. No círculo cromático do poeta, nada mais compreensível:

> O azul é a mais profunda das cores: nele, o olhar mergulha sem encontrar qualquer obstáculo, perdendo-se até o infinito, como diante de uma perpétua fuga da cor. O azul é a mais imaterial das cores: a natureza o apresenta geralmente feito apenas de transparência, isto é, de vazio acumulado, vazio de ar, vazio de água, vazio do cristal ou do diamante. O vazio é exato, puro e frio. O azul é amais fria das cores e, em seu valor absoluto, a mais pura (...).[5]

---

[4] Aldo Pellegrini tem razão ao observar: "Embora não pareça participar, o poeta está sempre presente como testemunha: sua presença pesa no poema" (Em: Georg Trakl. *Poemas*. Buenos Aires: Corregidor, 1972, p. 20).

[5] Chevalier, J; Gheerbrant, A. *Dicionário de Símbolos*. Rio de Janeiro: José Olympio, 1992, p. 107.

A profundidade do azul de Trakl sugere escuridão. O poeta não expressa a tonalidade de sua cor preferida, nem precisaria: *sobrancelhas azuis* (em "Helian"), *couraça azul* (em "Karl Kraus"), *caverna azul* (em "Ocidente"), e assim por diante, todos pincelando um tom longe de ser claro. Além disso, a profundidade do azul também é aludida nas muitas vezes em que a cor está ligada ao céu (predominantemente azul da tarde, como em "Rondel") e, por isso, ao infinito. O azul em Trakl é mais busca do que fuga.

A imaterialidade do azul de Trakl revela-se na busca ao infinito e na irrealidade estabelecida com o uso desta cor (*Veado azul que sob árvores soa* — em "À Irmã"), algo que se traduz também no pouco valor atribuído aos substantivos que a acompanham, como se em seu lugar surgissem vazios visíveis: borrascas azuis e sombra azul (em "Revelação e Ocaso", por exemplo). Essa imaterialidade do azul é o que se chamou de "uso 'arbitrário' ou metafórico da cor",[6] que ultrapassa a simples decodificação ótica, cotidiana. É sobretudo aqui que se constata que os poemas traklianos transmitem sensações, não importando se pertencem ao *objeto stricto* sensu ou ao mundo do sujeito.

A frieza do azul de Trakl: "O azul nos dá uma sensação de frio, assim como nos faz lembrar a sombra", diz Goethe.[7] A cor aqui traduz um limiar entre vida e morte: *Teu manto azul envolveu o desfalecente* (em "À Noite"), ou: *No cristal azul! Mora o pálido Homem* ("Calma e Silêncio"). Azul: caminho para o infinito, inconsciente, noite.

A pureza do azul de Trakl pode estar ligada à ânsia de sua poesia por um mundo ideal. Como escreveu Pellegrini, o austríaco foi "um poeta desesperado pela pureza"[8]. É (também) no desespero que se reconhecem as leituras de Trakl: além de Hölderlin e Novalis, Dostoiévski e Rimbaud. Aliás:

---

[6] Carone, M. *Metáfora e montagem*: Um estudo sobre a poesia de Georg Trakl. São Paulo: Perspectiva, 1974, p. 77.
[7] Goethe, Johann W. *Doutrina das cores*, São Paulo, Nova Alexandria, 1993, p. 132.
[8] Ibid., nota 4, p. 47.

# Rimbaud em Trakl: sem comentário

Rimbaud:

> A ESTRELA CHOROU ROSA...
> A estrela chorou rosa no coração de tuas orelhas.
> De tua nuca abaixo o infinito rolou branco.
> O mar perolou ruivo por tuas mamas vermelhas
> E o Homem sangrou negro no teu soberano flanco.
> (1872)[9]

Trakl:

> À NOITE
> O azul de meus olhos apagou-se nesta noite,
> O ouro vermelho de meu coração. Ah, tão quieta ardia a luz!
> Teu manto azul envolveu o desfalecente;
> Tua boca vermelha confirmou a loucura do amigo.
> (1913)

## E mais outras cores

O poema "À Noite" é exemplar modelo do uso frequente das cores em Trakl. Quase todos os substantivos vêm acompanhados de adjetivos-cores (no primeiro verso, "o azul" torna-se adjetivo substantivado), e tanto o vermelho como o azul se alternam na caracterização dos sujeitos ("eu" e "tu", implícitos) no poema.

Em geral, a cor vermelha é considerada símbolo da vida, e portanto também de volúpia, de sexo. Seu paradoxo reside justamente no fato de que, disperso, pode significar a morte. Assim, embora a atribuição de cores a alguns substantivos traklianos pareça gratuita, ela nada mais traduz do que as dicotomias desta obra, a

---

[9] No original (em alexandrinos): L'étoile a pleuré au coeur de tes oreilles, / L'infini roulé blanc de ta nuque à tes reins / La mer a perlé rousse à tes mammes vermeilles / Et l'Homme saigné à ton flanc souverain. Em: Rimbaud, A. *Gedichte* (französisch und deutsch). Org. de Karlheinz Barck, Leipzig: Philipp Reclam, 1989.

saber vida e morte, sonho e realidade, calor e frio etc. Portanto, não seria diferente no caso do vermelho: *O pêssego arde avermelhado na folhagem* (em "Helian", simbolizando a vida) e em "Sebastião no Sonho", representando a morte (*E da ferida sob o coração corria o sangue purpúreo. / Oh, com que leveza erguia-se a cruz na alma sombria*).

A cor púrpura, aliás, muitas vezes vista como simplesmente análoga à vermelha, é mais do que isto. De novo Goethe: "Quem conhece a origem prismática do púrpura, achará paradoxal afirmarmos que essa cor contém, em parte actu, em parte *potentia*, todas as cores. (...) Um ambiente dessa cor é sempre grave e solene. (...) É bem possível que no dia do Juízo Final essa tonalidade se espalhe pelo céu e pela terra".[10] Muito certamente sem ter lido essa *Doutrina das Cores* ou qualquer outra, o púrpura trakliano frequentemente sugere o tom de gravidade e indefinição cromática observados por Goethe: *Quando das mãos magras do solitário / Cai a púrpura de seus dias extasiados* (em "À Irmã"), ou em "Helian": *O cheiro doce do incenso no purpúreo vento noturno.*

O dourado, por sua vez, é submetido a semelhante multiplicidade semântica. Pois, se por um lado ele vem representando a luz e o sagrado (*os olhos dourados de Deus* — em "Salmo"), por outro lhe é atribuído uma simbologia às vezes negativa, quando ligada à melancolia crepuscular, da tarde (a hora preferida de Trakl), e à morte da natureza, no outono (a estação idem).

O prateado, o amarelo, o verde, o branco e o negro (este, visto como intensificação do azul, como que radicaliza os sentimentos conflituosos do poeta) são outras cores constantes na policromia trakliana e dão margem a diversas e válidas tentativas de interpretação. O mais importante, porém, é lembrar que Trakl é dono de uma mística e de uma simbologia próprias que ultrapassam os limites (já amplos) das teorias correntes (inclusive as aqui citadas, a título de sugestão e experimento).

---

[10] Goethe, op. cit., nota 7, pp. 133-134.

## Verso e reverso

Mas não apenas as cores fazem parte do sombrio espectro dos poemas traklianos, que, na dita "fase madura", a partir de 1912 (a maioria dos selecionados para este volume), primam por versos de métrica livre, rimas ausentes e refinadas aliterações. À primeira vista, trata-se de uma poesia simples, supostamente poupada de recursos estilísticos em demasia. Em muitos poemas, os versos são frases de articulação assindética, que dificultam a fluência, mas facilitam a primeira leitura. Como nesta estrofe de "De Profundis": *Há um restolhal, onde cai uma chuva negra. / Há uma árvore marrom, ali solitária. / Há um vento sibilante, que rodeia cabanas vazias. / Como é triste o entardecer.*

Nota-se que, afora as cores, é constante a presença de atributos para os substantivos, como se o poeta encerrasse neles a necessidade de mais explicações. Em muitos poemas, quase todas as palavras principais vêm acompanhadas de um epíteto (aproveitando os quatro versos acima — chuva: negra, árvore: marrom e solitária, vento: sibilante, cabanas: vazias, entardecer: triste). Optando por palavras comuns, o poeta forja a facilidade de interpretação.

A segunda leitura, porém, conduz o leitor aos subterrâneos da poesia trakliana e à necessidade de muitas outras leituras e tentativas de interpretação. É na ânsia de uma classificação que se mostram tais tentativas: a poesia do austríaco seria obscura, melancólica, desesperada, religiosa, metafórica, entre tantas outras designações — todas, aliás, corretas.

Incorreto, no entanto, seria atribuir o excesso de metáforas, de imagens ilógicas, ao excesso do uso de drogas pelo poeta. "De Profundis", por exemplo (cujos primeiros versos, acima transcritos, insinuam simplesmente a descrição de um crepúsculo), desemboca numa sucessão de imagens desconexas que culmina na última estrofe: *À noite encontrei-me num pântano, / Pleno de lixo e pó das estrelas. / Na avelãzeira / Soaram de novo anjos cristalinos.* Os mais conhecidos estudiosos da obra de Georg Trakl (como Walther Killy, Clemens Heselhaus e, entre nós, Modesto Carone) são unânimes em afirmar que a atmosfera onírica supostamente alcançada sob efeito de drogas não justificaria, por si só, o gigantesco talento poético em questão. As drogas seriam um dos canais de criação. E — mais importante — a edição crítica de Trakl comprova a existência de variadas versões para um só poema e mostra, com isso, que o poeta não era movido exclusivamente por entorpecentes, mas sobretudo pelo objetivo da obra acabada.

E embora obra acabada, a poesia de Trakl dá ao leitor a sensação de incompletude e inverossimilhança. Quase não há associações lógicas, eu-lírico, e seus personagens são enigmáticas figuras, às vezes nomeadas (Helian, Sebastião), às vezes não (a irmã, os anjos), outras ditas "andarilho", "bêbado", "louco", "solitário", "desterrado" etc. A elas está ligada uma natureza não menos enigmática, posto que crepuscular, outonal e habitada por animais azuis, florestas nuas e águas geladas. "A linguagem desse poeta é obscura", diz W. Killy. "[Ela] fala sem comunicar diretamente, (...) explica-se somente através de si mesma (...). Para compreendê-la, é preciso primeiro conquistar as palavras",[11] acrescenta ele, identificando esta característica como indicadora da poesia moderna.

As palavras, aparentemente simples, vêm associadas a recursos estilísticos como a sinestesia, filha da metáfora, sem a qual não existiria o texto trakliano. Citar *o lamento azul do riacho* (em "Revelação e Ocaso") ou *Sempre ressoam os muros brancos da cidade* (em "Ocaso") seria insinuar exemplos esparsos, quando na verdade eles são inúmeros. Recurso usual, a sinestesia aqui poderia até parecer gratuita, não fosse ela usada propositadamente como agente de uma expressividade que traduz a confusão de sensações pretendida pelo poeta. Conscientemente, Georg Trakl sente com os olhos, vê com os ouvidos, ouve os odores...

## UM EXPRESSIONISMO SEM BANDEIRAS

Não é difícil detectar o porquê de Trakl ter se tornado o maior poeta de sua geração. O expressionismo, movimento que nasceu na Alemanha do início do século e abrangeu praticamente todos os setores das artes, alcançou o seu apogeu na poesia. Produziram-se centenas de livros, várias revistas, muitas leituras públicas. A poesia

---

[11] Killy, W. *Über Georg Trakl*. Göttingen: Vandenhoek und Ruprecht, 1960, pp. 5, 19.

expressionista, porém, caracteriza-se mais por atitudes comuns do que por um estilo uniforme. Seus jovens poetas protagonizaram momentos de revolta contra a mecanização das relações humanas na cidade grande e foram defensores incondicionais de um pacificismo oportuno, posto que espectadores e participantes da Primeira Guerra. Como Trakl, muitos morreram no front. Sobreviventes, alguns preferiram aderir à monocromia rubra da militância política.

A atualidade dos temas expressionistas transformou a poesia daquela geração em descartável panfleto, e os anos se encarregaram de enterrá-la tão rapidamente quanto nascera, sob o entusiasmo do novo século. Desse modo, hoje estão esquecidos poetas à sua época marcantes, como Jakob van Hoddis, que escreveu um clássico do protesto à metrópole, o apocalíptico "Fim do Mundo", obrigatório em qualquer antologia lírica do movimento. Desta primeira fase destaca-se também Georg Heym, morto precocemente em 1911 e autor de versos de forma perfeita, que gritavam contra o tormento metropolitano. É de Heym que o texto de Trakl mais se aproxima em seu momento de extremo rigor formal, pré-1912.

O curioso é que, mesmo utilizando a natureza como palco e agente de seu estranhamento para com o mundo (e, conferindo-lhe atributos emocionais, de ser vivo, torna-a um típico sujeito expressionista), Trakl é autor de um poema que acabou por se transformar em exemplo mais feliz daquela angústia metropolitana. Em "Aos Emudecidos" o panorama faz-se aterrador. A tarde é novamente utilizada como instante desencadeador das sensações negativas de uma humanidade oprimida pelo anonimato. Sem apelar para elementos mais concretos, aqueles que normalmente anulariam o habitante da cidade grande, o poeta aciona os poderes superiores da luz, do ouro e principalmente de Deus, que aqui — como em outros títulos — parece adquirir sentimentos mais humanos que divinos. A puta (por sua condição de marginal, figura frequente na poesia expressionista), ao contrário, protagoniza o único momento de pureza no poema, quando dá à luz uma criança morta (por não ter nascido, ela encarna um ideal impossível). Nos últimos versos, um fio de esperança trakliana: *Mas quieta em caverna escura sangra muda a humanidade, / Constrói de duros metais a cabeça redentora.*

Também muito diferente de Franz Werfel ou Johannes R. Becher, autores de uma poesia sintonizada com movimentos revolucionários da época, de versos que gritavam, advertiam, pregavam o pacifismo e uma sociedade de iguais, "Grodek", último poema de Trakl, é o que melhor consegue expressar os horrores da guerra sem escorregar no pieguismo. Como em seus poemas em prosa, onde as imagens oníricas se tornam ainda mais densas e buscam ainda mais distâncias do eu-lírico (em "Revelação e Ocaso": *e quando me curvei com dedos prateados sobre as águas silenciosas, vi que meu rosto me havia abandonado*), em "Grodek" Trakl transforma a mais cruel experiência de sua vida em metáforas inteiramente impessoais.

Diferente da ordenação assindética utilizada em outros poemas, "Grodek" proporciona uma leitura fluente, de muitos enjambements. Mesmo estando ausente o sujeito, uma voz ganha força num mundo destroçado pela guerra. O verso *Todos os caminhos desembocam em negra putrefação* divide o poema em dois. Antes dele, o mundo regido por um deus irado, num dos mais impressionantes conjunto de imagens da guerra. A negra putrefação, porém, é o fim e também o início de um futuro que Trakl desejava, mas sabia não ser possível — o poeta escreve a fé, sem contudo tê-la —, o futuro dos netos que ainda não nasceram.

## Um círculo hermético

Não deixa de ter razão Martin Heidegger, para quem os poemas de Trakl na verdade são um só. O filósofo se refere à paisagem quase sempre a mesma e à atmosfera onírica nelas existente. Sob um outro prisma, a afirmação de Heidegger também é válida ao se constatar, sem muitas dificuldades, que grande parte da poesia do austríaco é composta por fortes elementos autobiográficos — algo que só vem enriquecer a avaliação da obra de um poeta maduro, morto aos 27 anos. Mesmo em poemas como "A Novalis" ou "Karl Kraus" são visíveis os traços do próprio Trakl, e mais ainda em "Canção de Kaspar Hauser", cuja figura estranha e marginal na sociedade não é senão o perfil de Trakl ele mesmo, um ser em busca da harmonia com Deus e a natureza e de difícil convivência com gente branca.

Reside justamente aí o cada vez mais estimado valor do melancólico poeta de Salzburgo: experiências próprias utilizadas na poesia de modo a transformá-las em impessoais, universais, e ao mesmo tempo parecer tão próximas do poeta para nós, leitores longínquos, mas conhecedores de sua tumultuada trajetória. O tom elegíaco da poesia trakliana foi o que a levou a ser chamada de "poesia de lamento", em que se anuncia o fim de tudo (do universo — numa hipérbole do "fim do mundo" expressionista), ainda que quem escreva não o deseje.

"Lamento", penúltimo dos poemas traklianos, é um "poema de guerra". Assim como em "Grodek", o panorama é aterrador e de fato sugere o fim de tudo. Mais do que isto, os poucos versos de "Lamento" não existiriam sem as referências autobiográficas neles contidas. A mais forte é sem dúvida a da irmã (*Irmã de tempestuosa melancolia / Vê, um barco aflito afunda / Sob estrelas, / Sob o rosto calado da noite.*). Mas é aqui, nesta fase madura, que a irmã, antes simplesmente objeto de perigoso e proibido amor, se torna uma espécie de projeção, de parceira do "eu" invisível ou, quem sabe, o próprio "eu" — e o que também não seria o incesto senão uma forma de amar a si mesmo?

São estas e muitas outras as referências reais na obra de Trakl, quase todas facilmente detectáveis — ironia do destino, pois raramente um poeta viveu e compôs tão bem a irrealidade como fez o austríaco. Este é o ponto que mais intriga os estudiosos e os leitores mais empenhados numa interpretação da obra trakliana. Pois, voltando a W. Killy, trata-se de uma poesia que se explica somente através de si mesma. Ou, como escreve muito adequadamente C. Heselhaus: "O leitor só entra no círculo hermético dessa poesia quando pode desfazê-la e novamente fechá-lo".[12] Talvez seja esta a receita.

---

[12] Heselhaus, C. *Die deutsche Lyrik*. Org. Benno v. Wiese. Düsseldorf: August Bagel, 1975, p. 403.

# APÊNDICE

## DOIS MODOS DE LER E ESCREVER GEORG TRAKL

*Else Lasker-Schüler, 1915*

## GEORG TRAKL*

Seus olhos paravam bem longe.
Quando garoto esteve no céu.

Por isso suas palavras vinham
De nuvens azuis e de brancas.

Discutíamos religião
Mas sempre como parceiros de jogo,

E levávamos Deus de boca em boca.
No princípio era o Verbo.

Coração de poeta, um firme castelo;
Seus poemas: teses cantantes.

Era mesmo Lutero.

Carregava na mão sua alma tríplice
Quando partiu para a guerra santa.

— Então soube que morrera —

Sua sombra permaneceu sem explicação
No entardecer do meu quarto.

---

* Em: Lasker-Schüler, Else. *Ich suche allerlanden eine Stadt:* Gedichte, Prosa, Briefe. Leipzig: Philipp Reclam, 1988.

# DUAS CARTAS DE RAINER MARIA RILKE A LUDWIG VON FICKER*

Irschenhausen (Isartal),
Pensão Landhaus Schönblick,
8 de fevereiro de 1915

Prezado Sr. v. Ficker:

(...)
No que me diz respeito, vivi semanas intranquilas, tanto interna como externamente; por algum tempo estive em Berlim, mas acabei voltando a Munique, de onde agora parti, por uns dias, em busca da pura estação do ano, a qual reúne aqui, sob extensos céus, vales nevados e bosques sombrios. O mais tardar até o final da semana estarei novamente em Munique (Finkenstraße 2/IV).

Em resposta à sua última carta gostaria de relatar como justamente me impressionaram em Paris, em julho, os poemas de Georg Trakl; nesse meio-tempo, o destino fechou-se em torno dele, e agora fica ainda mais claro o quanto sua obra nasceu e brotou de uma fatalidade do destino. (Espero para estes dias o *Sebastião*, o qual tratei de encomendar logo que vi anunciado.)

Uma pequena passagem em que o Sr. se refere a ele, tomo-a muito cordialmente como prova do bem-estar lá fora do desconhecido amigo. Até a próxima,
     seu sinceramente devoto RMRilke


*Post scriptum* (terça à tarde):
Só ontem à noite encontrei no pacote, de onde havia tirado Kierkegaard, o "Helian" de Trakl, e agradeço-lhe muito particularmente pelo seu envio. Cada ascender e avançar nesse belo poema é de uma doçura indizível; fui especialmente tomado pelas

---

* Em: Rilke, Rainer Maria. *Über Dichtung und Kunst*. Frankfurt: Suhrkamp, 1974.

suas distâncias internas, tudo por assim dizer construído sobre silêncios; suas linhas são como cercas numa terra plana em torno da ilimitada não-palavra, por sobre as quais o espaço cercado reconstrói constantemente uma grande planície sem dono.

Quando foi escrito o "Helian"? Não teria o Sr. reunido em algum lugar certos dados e lembranças do poeta? Se tornar público algo assim, então peço para indicar-me onde poderá ser lido. A figura de Trakl acomoda-se ao mito de Linos; instintivamente é assim que a compreendo nas cinco aparições de Helian. Mais compreensível não deve ser, e não o foi por si mesmo. Apesar de tudo gostaria de algumas linhas de referência sobre ele, não para entendê-lo "literalmente", mas somente para ver confirmado, aqui e ali, o meu instinto.

Li as notícias sobre T. no *Weisse Blätter* e no *Neue Rundschau*.

Cumprimento-o muito agradecido,

seu<br>RMR

Munique - Finkenstraße 2/IV
15 de fevereiro de 1915


Prezado Sr. v. Ficker:

Não há nada de novo — estou mais improdutivo do que pensava; apenas encontrei os versos anexos nas páginas do meu diário; parece-me que poderiam servir-lhe. Se não for este o caso, então faça-me sabê-lo, e procurarei rapidamente outra coisa.
(...)
Nesse meio-tempo recebi o *Sebastião no Sonho*, do qual muito já li: comovido, estupefato, cheio de pressentimentos e perplexidade; pois logo se entende que as circunstâncias desse soar ascendente e ressoar descendente foram irremediavelmente únicas, justamente como as que nascem do sonho. Tenho a sensação de que, mesmo para alguém próximo a Trakl, essas perspectivas e visões só aparecem como se através de vidros, como se excluído delas: pois a experiência de Trakl é como uma sucessão de reflexos e preenche todo o seu espaço, inacessível qual o espaço do espelho. (Quem poderá ter sido ele?)
Desejo-lhe tudo de bom, caro Sr. v. Ficker, e saudações de quem se lhe recorda sempre.

Seu
RMRilke

**CADASTRO
ILUMINURAS**

Para receber informações sobre nossos lançamentos e promoções envie e-mail para:

cadastro@iluminuras.com.br

A Iluminuras dedica suas publicações à memória de sua sócia Beatriz Costa [1957-2020] e a de seu pai Alcides Jorge Costa [1925-2016].